北海道豆本
series34

爪句
TSUME-KU

@彫刻のある風景
— 札幌編

爪句集 覚え書き―34集

　公園や広場の野外やエクステリアとして建物に並べて置かれた彫刻は、彫刻のみならず周囲の景色も目に入ってくるので、環境の中で彫刻を鑑賞することになる。環境によって彫刻が引き立つ場合は幸運な彫刻といえるし、逆に環境が彫刻の鑑賞を妨げている不運な彫刻もある。

　さらに、彫刻が折角の景観を台無しにしていたり、作家の独りよがりの趣味を公的な場所に居合わせる人に押し付けているようなところが見受けられる例もある。彫刻の設置に当たっては、どんな作品を設置するかを彫刻家に丸投げせずに、不特定多数が利用する環境ということに配慮する必要があるだろう。彫刻があることで景観の質を高めるとの思い込みは必ずしも当たっていない。

　本爪句集は句集であると同時に彫刻の写真集でもある。彫刻の写真を集めた写真集やパンフレット、さらにネットの彫刻紹介記事では彫刻のみに注意を向け、時には不都合な周囲の環境から切り取った彫刻だけの写真を並べている。しかし、冒

頭に述べたように、彫刻の置かれた環境と彫刻は切り離して鑑賞するのは片手落ちである。そうすると、環境と一体になった彫刻を鑑賞するためには設置場所に行くしかない。家にいながら写真集やネットで、現場に居るように彫刻を鑑賞する事はこれまではできなかった。

この点、最近の写真技術とネットによる画像配信技術の発達で、全視界が記録される全球パノラマ写真を、ネットを介して見る事が可能になっている。これは、彫刻のみの写真だけではなく、彫刻の置かれた環境や景観を、鑑賞者の好みにより全球パノラマ写真の視点を選び焦点を合わせて鑑賞できる新しい彫刻鑑賞法を可能にしている。全球パノラマ写真技術は彫刻の記録と鑑賞に新しいページを開くものであり、その実例として本爪句集がある。

しかし、居ながらにして彫刻とそれが置かれた環境をネットで見る事を可能にするためには、誰かが現場で全球パノラマ写真データを撮影し、全球パノラマ写真に合成し、ネットに投稿しなければならない。これは時間を要する力仕事である。当然経費もかかる。撮影写真に彫刻の説明も加え

ることになるとさらに努力が要求される。この爪句集はその努力が目に見える形に変換されたものである。その努力に見合う対価が得られることはないにせよ、新しい彫刻写真集の嚆矢になる評価は得られるものと信じている。

将来、技術がさらに開発されれば、例えばAR（拡張現実感）技術で全球写真の彫刻部分を消し、別の彫刻を当てはめてみて、どの彫刻がこの撮影された環境に適しているか、といった評価を伴った鑑賞法も考えられる。彫刻家が環境の中に自分の作品を設置するのに先立って、拡張現実感世界で検討してみるのが必要な時代になってくるかもしれない。彫刻家や設置者の独善だけで野外に彫刻を置くのは時代遅れとなっていくだろう。

本爪句集に戻って、句集の体裁にまとめるため、全球パノラマ写真撮影を行った彫刻の内、約200を選んで本爪句集に収録している。しかし、札幌芸術の森のような彫刻作品を集めて設置している場所を除いた札幌市内の彫刻だけでも、その数は優に200は超している。本爪句集では彫刻の優劣で作品を選んでいる訳ではないので、本書に収録

できなかった彫刻は爪句集シリーズの続編が出版できたら、そこで取り上げようと考えている。

　自由に撮影できる理由から、本爪句集に採録した彫刻は野外かそれに準ずる場所にあるものを選んでいる。当然彫刻は屋内にもある。しかし、屋内彫刻は撮影許可とかの手続きを考えると仕事が増え、爪句集出版のゴールが遠のくので、室内彫刻の全球パノラマ写真は撮影済みであっても、屋内彫刻は今のところ爪句集としての出版は日の目を見ない雲行きである。

　屋内にある優れた彫刻の鑑賞が制限されているのはもったいないものがある。屋内彫刻もどんな場所にどんな様子で置かれているかも、全球パノラマ写真で撮影しておくと貴重な記録になる。さらに、容易に立ち入ることが出来ない場所の彫刻鑑賞ができるなら、このテーマでの爪句集の出版の意味がある。将来屋内彫刻の爪句集出版もあろうかと、機会があれば室内の彫刻の全球パノラマ撮影も行っている。その一部はブログの記事として掲載しているものもあり、本爪句集と合わせて参考にしてもらえればと思っている。

爪句＠彫刻のある風景 ― 札幌編 目次

爪句集覚え書き―34
あとがき

女性像

1　札幌を代表する本郷新作「泉」像
2　白の冴える山内壮夫作「希望」
3　幸運な彫刻の佐藤忠良作「若い女の像」
4　ホテル横の佐藤忠良作「リカ・立像」
5　桜の季節の笹戸千津子作「洋」
6　階段壁にある竹中敏洋作「THE SKY」
7　戻って来た小野寺紀子作「BIANCA」
8　不運な彫刻の本田明二作「朔風」
9　高校校舎前庭の坂坦道作「和顔愛語」
10　ホテル前にある北村西望作「花吹雪」
11　シリーズ作品の本郷新作「鳥を抱く女」
12　本郷新作「ライラックのトルソー」「砂」
13　雪像に隠れる本郷新作「裸婦」像
14　雪の中の本郷新作「鳥を抱く女」

- 15 作家の出身校校庭にある佐藤忠良作「蒼穹」
- 16 彫刻の小路に新しく加わった「鳥を抱く女」
- 17 羊ヶ丘展望台の山脇正邦作「少女と羊」
- 18 池の中の木内礼智作「壺を持つ女」
- 19 校庭に立つ川田静作「未来にはばたけ」
- 20 小学校の校庭では疑問の大窪恭子作「大地に」
- 21 定山渓ダム下流園地の永野光一作「洗い髪」
- 22 人間女性に似せた阿部典英作「ミスジョウザンケイカッパ」

母子像

- 23 赤れんが庁舎前庭の本郷新作「北の母子像」
- 24 朝日の中の山内壮夫作「花の母子像」
- 25 肉付きの良い母子の佐藤忠良作「開拓母の像」
- 26 近代美術館庭の本郷新作「嵐の中の母子像」
- 27 近代美術館庭の山内壮夫作「子を守る母たち」
- 28 中島公園内の山内壮夫の母子像
- 29 東区民の母子の本田明二作「手をつなぐ」
- 30 母子像と枯木が並ぶ山田吉寿作「創造」
- 31 北大病院横の本田明二作「母子像」
- 32 驚愕する母親像の坂胆道作「いのち」
- 33 宮の森緑地の本郷新作「太陽の母子像」
- 34 新しく見える緑色の「太陽の母子像」
- 35 新しく設置されたナンドール作「母子像・ふるさと」
- 36 頭部がダムを連想させる松隈康夫の「母と子」

子どもの像

37 景観に合った小野健壽作「のびゆく子等」
38 円山動物園前の山内壯夫作「よいこつよいこ」
39 捕虫網の無くなった土田副正作「夏の日」
40 安春川の橋上の三木勝作「ささ舟」
41 小学校のシンボルの今谷孝作「ぐんぐん」の少年像
42 歴史のある小学校の少女像
43 校庭の本田明二作「はばたけ小鳥よ」
44 校庭の小野寺紀子作「未来を語る子」
45 桜花の中の蝦名良治作「童子ニ寄ス」
46 校庭に立つ本田明二作「鹿を抱く少年」
47 開拓の飾りのある屯田小学校の「はつらつ」
48 模範的野外彫刻の小野寺紀子作「いちばん星」
49 山間の小学校にある鈴木吾郎作「自然とともに」
50 小学校の校庭にある後藤紘一作「鳩と共に」
51 住宅街に囲まれた公園の山本正道作「かえり道」
52 定山渓ダム下流園地の丸山隆作「おかっぱ」
53 定山渓国道沿いにある永野光一作「君に」
54 河原の河童像の永野光一作「ころんころん」

人物像

55 道都玄関のシンボル像の本郷新作「牧歌の像」
56 今は見られない坂坦道作ブロンズ像

57　琵琶湖の風と思われる山田良定作「湖風」
58　夜に賑わう街角の國松明日香作「出逢い」
59　行名の消えたビル壁にある坂担道作「鈴蘭」
60　金属楽士が演奏する菅原義則作「パティオの音楽会」
61　札幌に漁場を造る田畑一作「漁民之像」
62　作家の勤務先に残した「協力」像
63　墓地跡の山内壮夫作「山鼻屯田兵の像」
64　デフォルメされた人物像の高津和夫作「和」
65　小学校校庭にある田所陸男作「希望」
66　庭で作品を鑑賞できる本郷新作「男のトルソー」
67　真栄春通り公園の黒川晃彦作「切株に座って」

実在人物像

68　傍に歌碑のある坂垣道作「石川啄木像」
69　新公園に戻った松田与一作「大友亀太郎像」
70　札幌村郷土記念館の複製「大友亀太郎像」
71　札幌観光に欠かせぬ坂担道作「丘の上のクラーク」
72　佐藤忠良作「初代学長大野精七博士像」
73　楽聖の尊称の添えられた安岡周三郎作「梁田貞像」
74　奇跡的に残された朝倉文夫作「木下成太郎先生」像
75　新しく設置された宮田亮平作「レナード・バーンスタイン像」
76　知事公館庭にひっそりとある中村晋也作「残響」
77　北大構内のクラーク博士二代目像
78　正門近くにある加藤顕清作「北大初代学長佐藤昌介像」

79 花木園の主になった新渡戸稲造の顕彰碑
80 知名度は高くない加藤顕清作「医学博士今裕」
81 円山公園を見守る佐藤忠良作「岩村通俊之像」
82 北海道神宮境内の巨大像宮地寅彦作「島義勇像」
83 学園創設者「浅羽苗邨先生像」
84 雪の中で大きな黒い塊に見える「エドウィン・ダン」像

記念像

85 五輪小橋の袂に立つ本田明二作「栄光」
86 高い台座の上で踊る裸婦の「雪華の像」
87-88 モダンな感じの黄銅色ブロンズ像「花束」
89 ジャンプ競技は男性のみだった時代の山内壮夫作「飛翔」
90 五輪小橋の袂にある佐藤忠良作「雪娘」
91 公園の景観で定着した田嶼碩朗作「聖恩碑」
92 見る人の居ない飯田勝幸作「ふれあいの輪」
93 喫煙小屋の傍にある峯孝作「牧童」
94 川の流れを表現する銀色の柱の「サーモン・リバー」
95 中島公園に立つ群像の塔「森の歌」
96 産業史の暗部を語る二部黎作「藻岩犠牲者の碑」
97 リンゴ産地の記憶を残す本田明二作「みのり」
98 像が傷んできている竹内敏洋作「永遠の像」
99 鉄で表現された勝利の女神「NIKE」
100 オリンピックの記憶をつなげている「聖火を持った男」
101 高校の校庭にある「輔仁会々員戦没者記念碑」

レリーフ

- 102 石柱に児童の顔が見える「中央創成小学校の跡」
- 103 北海道の自然を表現した「大地のうた」
- 104 藤川基制作親子像のある「有島武郎文学碑」
- 105 法の精神を象徴する目隠しの女神「テミスの像」
- 106 レリーフの中でも跳躍している南部忠平の顕彰碑
- 107 ジャンプ競技場を見守る「大野精七博士顕彰碑」
- 108 地下街の入口で見る渦のレリーフ「無題」
- 109 眼鏡店の目の良い看板娘「花と子供」
- 110 閉校の小学校跡に残された「ほうすい師弟の像」
- 111-112 厚別川両岸で思いを寄せる「ひこぼし像」「おりひめ像」
- 113 建物の壁全面で表現された高津和夫作「希望の原点」
- 114 地下通路で出遭う加賀谷健至作「風の記憶」

動物の彫刻

- 115　ランドシャー＆メリーフィールド作「ライオン像」
- 116　札幌ロータリークラブが寄贈した「奉仕の道」
- 117　狸小路横の石狸像の流政之作「ポンサ」
- 118　実際にある楽器を吹く山内壮夫作「猫とハーモニカ」
- 119　ホテルの玄関で見張る小坂耀一作「シマフクロウ」
- 120　二本足で立つ佐藤忠良作「えぞ鹿」
- 121　菓子店の店先を守るブロンズの"Sansone"犬
- 122　イチイの巨木に囲まれた伊藤国男作「馬」
- 123　都市秘境の道具建ての伊藤国男作「馬」
- 124　石塚錦秀堂作「馬魂之像」と「屯田兵顕彰之像」
- 125　仏作家の石の鳥の居るセカリー広場
- 126　散る桜の中の「梟家族」
- 127　作品名が気になる丸山隆作の河童像
- 128　小石巧作「ボクと記念写真」
- 129　一見して何かわからない阿部典英作「イイユダナ」
- 130　作品名の通りやっと見つけた河童
- 131　作品名で河童とわかる小石巧作「遊ぶ河童」
- 132　観光客を誘う小石巧作「こんにちは河童」

石彫

- 133 待ち合わせ場所になった安田侃作「妙夢」
- 134 極力単純化した女性像の「PIRIKA」
- 135 金井聰和作「花降る石」と流政之作「TERMINUS」
- 136 巨大撥の流政之作「デアイバチ」
- 137 目開き目無しの松本純一作「MANAZASHI」
- 138 穴の目の松本純一作「EYES」
- 139 北海道訛が作品名の流政之の「NANMOSA STOVE」
- 140 作品名の意味不明の石川浩作「壤・蜀」
- 141 新しい道標の役目を果たす安田侃作「生誕」
- 142 白い滑らかな大理石の安田侃作「天秘」
- 143 知事公館庭の安田侃作「意心帰」
- 144 桜の咲く知事公館の流政之作「サキモリ」
- 145 イサム・ノグチ作「ブラック・スライド・マントラ」
- 146 石ダルマの流政之作「八丁ダルマ」
- 147 駐輪場かと思ってしまう場所にある石彫
- 148 時々衣装をまとう松本純一作「元気地蔵」
- 149 小学校の校庭にある松本純一作「DONGURI」
- 150 作品名の意味がつかめない永野光一作「潜-kirameki-」
- 151 起伏のある公園に置かれた「バブル・ブーン」
- 152 石が跳ねているような澤田猛作「躍動」
- 153 形をみて思案する菅原尚俊作「飛翔」
- 154 表現したいことが不明な校庭のオブジェ
- 155 母親の形かと眺め直す山本一也作「擁」
- 156 形が判じ物の永野光一作「大地から」

街中のオブジェ

- 157 旅人の歩く姿と納得する「Legs"旅人の残像"」
- 158 石で風の表現をする大貝滝雄作「風 45」
- 159 唐辛子かと思うと炎の豊嶋敦史作「Torch」
- 160 人の形に見えなくもない松隈康夫作「環」
- 161 ホテル前にある堀木淳平作「結晶体・4＋1／4」
- 162 地下通路で見つけた浅井憲一作「光彩」
- 163 ビル前にある伊藤隆道作「空・ひと・線」
- 164 金属で表現したそよ風の小林泰彦作「Breeze」
- 165 屋上庭園にある國松明日香作「テルミヌスの風」
- 166 ひっそりと隠れるようにある望月菊磨作「光の門」
- 167 ビル壁に取り付けられた平田まどか作「時空翼」
- 168 ホテルの玄関前にある植松奎二作「浮くかたち—結晶」
- 169 雪まつりの時期に撮る「北のまつり」
- 170 水のない季節には魅力半減の「湧水彫刻」
- 171 繁華街に産み落された怪鳥の卵のような「タマゴ」
- 172 機雷にも見える松隈康夫作「あっちこっち」
- 173 串団子に見える丸山隆作「上機嫌な星」
- 174 人物像にも見える永野光一作「Memory」
- 175 傾いている造形は認識できる山谷圭司作「やすらかな傾き」
- 176 球を探しても無い丸山隆作「球の記憶」
- 177 見過ごしてしまう熊谷文秀作「風のフォルム」
- 178 作品と作品名がつながる松隈康夫作「連結」

開放空間のオブジェ

- 179 巨大ヤジロベエ田中信太郎作「北空の最弱音」
- 180 作品名通りの安田侃作「ひとつがふたつ」
- 181 重そうな鉄の翼の國松明日香作「休息する翼」
- 182 作品名通りの楢原武正作「球」
- 183 作品名から豆の造形と知った「フェイジョン」
- 184 森と結びつかない伊藤誠作「森の中」
- 185 確かに大気を入れている柳健司作「大気の器」
- 186 長い作品名の「Roll Away the Stone /Brixton 8,720 km」
- 187 石がつながっているCINQ(サンク)作「てつなぎ石」
- 188 公園の遊具かと思えるCINQ 作「赤い空の箱」
- 189 異空間を演出する「ネガティブマウンド」
- 190 広々とした空間に切り出した石のある「午後の丘」
- 191 区花のバラがデザインされた楠本晴久作「飛遊」
- 192 病院の庭にある伊藤隆道作「よろこび・愛」
- 193 百合が原公園に咲くステンレスの花
- 194 「空へ」向かうものが何かと考える造形
- 195 鉄塊の女神が駅前にある國松明日香作「KLEIO」
- 196 団地の中にある丸山隆作「残留応力」
- 197 面白い造形の川上りえ作「古代の太陽」
- 198 厚別区章を掲げる前田屋外美術製作「飛翔」
- 199 近づくと巨大な造形の「テトラマウンド」
- 200 イサム・ノグチ設計のモエレ沼公園

1 札幌を代表する 本郷新作「泉」像

(2012・6・26)

齢取らぬ 名無き女性(ひと)居て ミスサッポロ

> 大通公園西3丁目に本郷新作「泉」像がある。三人の若いバレリーナの像で札幌の代表的彫刻である。女性達は無名であるけれど齢を取らず、常に若くて札幌の象徴的女性なので「ミスサッポロ」の呼称に値する。市民が像の周囲で楽しんでいる。

女性像

2 白の冴える
山内壮夫作「希望」

「希望」像 夏色囲み 冴える白

　市民ホール前の広場に山内壮夫の「希望」像が高い台座の上に設置されている。白コンクリートで作られていて、雪の季節には周囲に溶け込んでしまいそうであるけれど、夏の青空の下では、木の緑と空の碧色を背景にくっきりと冴えて見える。

女性像

3 幸運な彫刻の佐藤忠良作「若い女の像」

(2017・9・20)

バラの花　若い女を　飾りたり

　野外彫刻は置かれる場所で彫刻の運・不運が決まる。大通公園の西12丁目はバラの庭園になっており、バラの花に囲まれて、佐藤忠良の「若い女の像」のブロンズ像がある。この彫刻は幸運な彫刻で、バラのある景観の中で曇り空でも絵になる。

女性像

4 ホテル横の佐藤忠良作「リカ・立像」

(2012・9・21)

ホテル名　首都の文字入り　リカの像

「札幌後楽園ホテル」は2011年に「東京ドームホテル札幌」へと名前を変えた。ホテルの建物の壁際に佐藤忠良の「リカ・立像」がある。忠良は具象の大家で、この作品のように均整の取れた女性の作品が多い。佐藤忠良は2012年3月に亡くなった。

女性像

5 桜の季節の
笹戸千津子作「洋」

(2012・5・3)

彫刻に　主役譲りて　桜花(さくらばな)

　全球パノラマ写真による撮影では、例えば彫刻と桜のような組み合わせで撮るのが可能である。しかし、両者が上手く写真内に納まってくれるとは限らない。彫刻に焦点を合わせると他の対象は影が薄くなるのは仕方なく、桜は辛うじて見える。

女性像

6 階段壁にある
　竹中敏洋作「THE SKY」

（2017・10・13）

階段で　現代飛天　腕広げ

　JR札幌駅近くのビル「アスティ45」の地下1階の外側が空に開けた空間になっている。地下通路から地上への階段部分の壁に「THE SKY」と題された竹中敏洋のブロンズ像がある。現代風な飛天が羽衣を纏い、空に駆け上がろうとしている。

女性像

7 戻って来た小野寺紀子作「BIANCA」

(2015・12・31)

景観の　変化和らげ　像戻り

　駅前通の地下歩行空間の工事が終わって、以前地上部にあったBIANCA像が戻ってきている。作者は小野寺紀子である。以前、像の背景にあったデパートの建物は無くなって、景観は大きく変わった。2015年の大晦日にこの像のパノラマ写真を撮る。

女性像

8 不運な彫刻の
本田明二作「朔風」

(2012・2・3)

裸婦像は　電線ヒモで　不運なり

　自治労会館横に本田明二の「朔風」の裸婦像が高い台座の上に置かれている。裸婦の頭上には電線が走り、どの角度から撮っても電線が写り込んできて邪魔になる。電線が女性にヒモの如く纏わり付いている。作品にとって不運な場所である。

女性像

9 高校校舎前庭の
坂坦道作「和顔愛語」

(2012・6・15)

校訓の 和顔愛語が 作品名

　札幌龍谷学園高等学校は札幌女子高等学校として開校し、後に共学となる。前庭に二人の女性が並ぶ坂坦道作の「和顔愛語」像がある。女子高の伝統がこの像と校訓の「和顔愛語」につながったようだ。校庭からベニバナトチノキの並木が見える。

女性像

10 ホテル前にある 北村西望作「花吹雪」

(2012・3・27)

北風に 身を躍(おど)らせて 花の精

　ススキノの東急REI前に北村西望の「花吹雪」がある。北村の代表作は「長崎平和記念像」である。「花吹雪」の方は風に乗った花の妖精と思われる女性のダイナミックな肢体が表現されている。花の季節に彫刻の命が取り戻されるかのようである。

女性像

11 シリーズ作品の
　　本郷新作「鳥を抱く女」

(2012・3・29)

宮の森　彫刻寄与し　街づくり

　北海道神宮境内の縁を北１条宮の沢通に沿って少し西に行くと交番がある。交番の隣に宮の森まちづくりセンターがあり、その前に本郷新の「鳥を抱く女」の像がある。近くの彫刻の道に似て、彫刻が街づくりに一役買っている感じである。

女性像

12 本郷新作
「ライラックのトルソー」「砂」

(2012・4・29)

様々な 姿態の女性居(ひと) 館庭(やかた)

本郷新記念札幌市彫刻美術館の庭に本郷新作の「ライラックのトルソー」と「砂」の女性像がある。立ち姿のトルソー像としゃがみ込んで砂いじりをする女性像は対称的である。パノラマ写真を回転させると「裸婦」と「堰」の女性像も見えて来る。

女性像

13 雪像に隠れる本郷新作「裸婦」像

(2016・1・23)

裸婦の像　雪彫刻に　席譲り

　毎冬、宮の森にある本郷新記念札幌彫刻美術館の庭で「さっぽろ彫刻雪像展」が開催される。彫刻家や専門学校生、高校生らが雪像の制作を担当する。庭には本郷新の作品があるけれど、雪像展の期間中「裸婦」等のブロンズ像は雪像に席を譲る。

女性像

14 雪の中の本郷新作
「鳥を抱く女」

(2012・2・25)

女抱く　鳥は鶏　雪の中

　彫刻家はこだわりを持つテーマがあり、繰り返し制作される。本郷新には「鳥を抱く女」の作品名のシリーズがある。本郷新記念札幌彫刻美術館の近くの宮の森緑地の出入口に設置された作品は同シリーズでは女性も鳥もより具象的である。

女性像

15 作家の出身校校庭にある佐藤忠良作「蒼穹」

(2012・3・29)

身の汚れ　シャワーに入れたき　裸体なり

> 札幌西高等学校校庭にあるブロンズ像「蒼穹」は、同校卒業生の故佐藤忠良の作品である。同作家の一周忌に「蒼穹」像を撮影しに行く。若い女性の身体に縦に流れる跡が目立っていて、鑑賞の邪魔である。ブロンズ像は時々掃除が必要である。

女性像

16 彫刻の小路に新しく加わった「鳥を抱く女」

(2012・9・29)

綺羅星の　彫刻家出て　一世紀

札幌西高校は2012年に100周年を迎えた。その記念行事として校庭に同校OBの彫刻家の作品を設置した彫刻プロムナードを整備した。従来あった佐藤忠良、本田明二、永野光一の作品に新しく本郷新作「鳥を抱く女」、山内壮夫作「家族」が加わる。

女性像

17 羊ケ丘展望台の
　　山脇正邦作「少女と羊」

(2012・7・13)

本物の　羊も群れて　観光地

　羊ケ丘展望台の芝生に山脇正邦の「少女と羊」がある。札幌を代表する観光地で、放牧された羊の群れも景観作りに一役買っている。その関係で羊がテーマの彫刻が選ばれているのだろう。背景に結婚式場があり、新郎新婦に出会う時もある。

女性像

18 池の中の木内礼智作「壺を持つ女」

(2015・5・1)

女持つ　壺より目立つ　カモメかな

　月寒公園の池の中に木内礼智作「壺を持つ女」がある。パノラマ写真は魚眼レンズで撮影するため、池の岸からの写真では像が小さく写る。海の無い大都会札幌の池なのに海鳥カモメが像に止まっている。白いカモメの方が像より目立っている。

女性像

19 校庭に立つ川田静子作 「未来にはばたけ」

(2012・8・4)

両手には　鳥の居るかと　目を凝らし

　旭小学校は豊平区水車町にある。一帯に水車があったのが町名に残っていて、小学校の校庭にも水車と水車小屋のモデルがある。校舎前に川田静子の「未来にはばたけ」があり、両手で持ち上げているものは、作品名からは小鳥なのかも知れない。

女性像

20 小学校の校庭では疑問の大窪恭子作「大地に」

(2012・7・9)

小学校　不似合い裸婦居　疑問なり

　月寒小学校正面の校庭に大窪恭子の「大地に」の裸婦座像がある。小学校の校庭に置く彫刻としては場違いの感がする。醜いとさえ言える裸婦が児童の情操教育に役立つものとも思われない。児童達や学校関係者の感想を聞きたいところである。

女性像

21 定山渓ダム下流園地の永野光一作「洗い髪」

(2012・7・15)

人目無く 女性身を入れ 髪洗い

　定山渓ダムの下流園地で、人影のない噴水を見ながら永野光一の「洗い髪」が立っている。ウェストのくびれた体型の女性が髪を洗っている仕草が表現されている。この彫刻と比べると、バックの定山渓ダムが圧倒的な構造物として迫ってくる。

女性像

22 人間女性に似せた阿部典英作「ミスジョウザンケイカッパ」

(2012・7・15)

人間の　女性に似たり　ミス河童

定山渓の月見橋には２体の河童の彫刻がある。川下側に一体と川上側に阿部典英の「ミスジョウザンケイカッパ」である。おちょぼ口で、口が小さいのを河童美人にしている。乳房は二つで、河童は一度に沢山の子供は生まないということか。

女性像

23 赤れんが庁舎前庭の 本郷新作「北の母子像」

(2017・9・24)

母子像に 子は大き過ぎ 裸体像

　道庁赤れんが庁舎前の庭の北側に本郷新作「北の母子像」がある。母子像といっても少年とその母親が立って抱き合っている。この状況をすんなりと母子像として鑑賞するには具象の裸体像がリアル過ぎる。外国人観光客にはどう映るだろうか。

母子像

24 朝日の中の山内壮夫作「花の母子像」

(2012・2・6)

朝の母子　車と人の　流れあり

　大通西2丁目の大通公園の北側に山内壮夫の「花の母子像」がある。子の持つ花はライラックだろう。像の北側に市庁舎の高い建物がある。公園は雪まつりの会場になっていて氷象や休憩所が見える。母子のブロンズ像が朝の光の中で輝いている。

母子像

25 肉付きの良い母子の 佐藤忠良作「開拓母の像」

笹の葉で　開拓の母　子をあやし

(2012・11・26)

　大通公園西2丁目北側に佐藤忠良の「開拓母の像」がある。作品名から北海道開拓時代に生きた母が子育てしている状況を想定している。母親の手にあるものは笹の葉のようで、子をあやす遊具もなく、身近にある笹を利用している様子の表現だろ

母子像

夜の市 客が横切る 母子の像

う。しかし、母子共々肉付きが良くて、食料が十分ではなかったと想像される開拓期のイメージから遠い。恒例のミュンヘンクリスマス市のイベント開催中の夕方に撮影したパノラマ写真には、彫刻の横の通路を通り過ぎて行く見物客が写っている。

母子像

26 近代美術館庭の本郷新作
「嵐の中の母子像」

(2012・3・21)

晴れた日に 嵐の中の 母と子ら

　道立近代美術館の庭に札幌に縁の大家の彫刻が設置されている。本郷新の作品は「嵐の中の母子像」である。制作の動機は不明であるけれど、作品名通り、母親が一人の幼児を抱き、風を遮って後ろにもう一人の子どもを連れて進む姿がある。

母子像

27 近代美術館庭の山内壮夫作「子を守る母たち」

(2012・5・3)

子を守る　母たちに散る　桜花

　道立近代美術館の庭の山内壮夫作「子を守る母たち」は、二人の母親と子どものかなりデフォルメされた彫刻である。同作家の他の母子像と比べると趣が異なる。像の傍に桜の若木があって、数年もすれば桜花の元での彫刻鑑賞が期待できる。

母子像

28 中島公園内の
　　山内壮夫の母子像

(2012・5・21)

母と子は　同じ物見て　視線先

中島公園には山内壮夫の作品が多く設置されている。その中の一つに「母と子の像」がある。石の像で、形が単純化されているけれど母子の心を通わせる雰囲気が感じられる作品である。母子のテーマでは、この像のように母親が子どもを抱いて一体化したも

母子像

(2012・1・10)

雪なれど 母と子の像 あたたかし

のと、母親と子どもを別々のモデルとして扱い、手などでつなぐものに大別される。石の素材ということもあってか、この作品は母子の一体感の強い造形で、親子のつながりが強調されている。雪を被っていても母子の表現があたたかく感じられる。

母子像

29 東区民の母子の本田明二作「手をつなぐ」

(2012・4・15)

像の母子　時計台見て　区民なり

東区役所と建物がつながっている区民センターの玄関正面に札幌時計台に似せた時計飾りがある。その横の植え込みのところに本田明二の母子像「手をつなぐ」が置かれている。この母子に東区の区民としての住民票を与えたいものである。

母子像

30 母子像と枯木が並ぶ 山田吉泰作「創造」

(2012・4・15)

母子像と 枯れ木がペアで 苗穂小

　苗穂小学校の校庭にある山田吉泰作の母子像と作品名「創造」との関連がすんなりと結びつかない。教育の目標が創造力を育むことで、母が我が子を育むことに重ねているのかもしれない。母子像と傍の枯れ木との対比が妙に際立って見える。

母子像

31 北大病院横の本田明二作「母子像」

(2012・5・3)

母子像の 子を抱（だ）く母の 手の強さ

北大の医学、歯学、医療を支援する「協済会」が創立65周年を記念して1986年に北大に母子像を寄贈した。制作者は本田明二で、北大病院の横に他の人物像と並んで設置された。母親像の腕や手は女性としては太く大きく力強い表現となっている。

母子像

32 驚愕する母親像の 坂坦道作「いのち」

紅花は　命の飛び出　母驚愕

　北区の若草公園の縁に坂坦道の「いのち」と題された母子像がある。母子像の母親は口を開き悲鳴をあげたような表情になっている。これは、作家のアトリエの近くでの交通事故で子どもが亡くなり、それが制作の動機になったことによるらしい。

母子像

33 宮の森緑地の本郷新作「太陽の母子像」

(2013・6・16)

母と子に　緑地で会いて　宮の森

　宮の森緑地は、北1条・宮の沢通から南に少し行ったところから本郷新のアトリエのあったところまで、登りで続く細長い緑地である。その緑地の北側の入口のところに本郷新作の「太陽の母子像」があり、母が幼子をあやしている像が目を惹く。

母子像

34 新しく見える緑色の「太陽の母子像」

(2012・4・11)

施設庭　雪の残りて　母子の居り

　手稲本町の手稲コミュニティセンター中庭に本郷新の「太陽の母子像」がある。宮の森緑地にあるものと型が同じである。表面が加工されているのか、緑色で新しそうに見えるブロンズである。像の周囲の芝生には残雪があり、緑は戻っていない。

母子像

35 新しく設置されたナンドール作「母子像・ふるさと」

(2012・6・12)

球体は 調和の極地 母子が居り

　2011年に円山公園横の札幌市長公館が取り壊され、跡地にハンガリー出身の故ワグナー・ナンドールの「母子像・ふるさと」が新しく設置された。日本人妻のちよさんが札幌に縁があり寄贈された。球体は調和の象徴で作品のコンセプトでもある。

母子像

36 頭部がダムを連想させる 松隈康夫の「母と子」

(2012・7・15)

母子頭　ダムを連想　ダム園地

　定山渓ダムはダムの下流側が園地として整備されている。この園地にいくつかの彫刻が置かれていて、松隈康夫の「母と子」もある。特徴のある母子の顔は似ていて、親子の感じが出ている。母子共々、頭の形はダムを連想させるものである。

母子像

37 景観に合った小野健壽作
「のびゆく子等」

(2012・1・10)

積雪に 子等と白樺 伸びを見せ

　小野健壽は羊丘小学校での教員の経歴があり、そのせいか子どもをテーマにした作品が多い。中島公園内にある子どもをモデルにした「のびゆく子等」と題された彫刻は、伸びやかな男女の児童が表現され、季節を通じて公園の景観に合っている。

子どもの像

38 円山動物園前の山内壮夫作「よいこつよいこ」

(2012・5・2)

強い子は　良い子あれかし　動物園

　円山動物園正門前の車の進行方向を変えるロータリー部分中央に、山内壮夫の「よいこつよいこ」がある。ガチョウと思しき鳥を押さえ込もうとしている強い子がモデルになっている。モデルの子が作品名の通りの良い子であればと思っている。

子どもの像

39 捕虫網の無くなった土田副正作「夏の日」

(2012・9・13)

夏の日に どこに失せたか 捕虫網

安春川に架かる橋のバルコニー部分に土田副正の「夏の日」がある。少年と少女がそれぞれ捕虫網と虫籠をもっている。最初捕虫網の部分の棒と網輪があったものが、年月が経つうちにそれらの部分が無くなってしまったらしく写っていない。

子どもの像

40 安春川の橋上の
三木勝作「ささ舟」

(2012・9・13)

ささ舟は　流れに乗るか　蘇生川

　JR新琴似駅近くのガード下辺りから蘇生した安春川が流れ出す。川に沿い安春公園がある。公園の近くで安春川を跨ぐ橋の東側の歩道のところに三木勝の「ささ舟」がある。姉と弟かあるいは母子か、ささ舟を作って流れに乗せようとしている。

子どもの像

41 小学校のシンボルの今谷孝作 「ぐんぐん」の少年像

(2012・8・19)

ぐんぐんと　伸びる瞬時を　像に止め

> 札苗緑（さつなえみどり）小学校は1993（平成5）年開校なので校史は浅い。校庭の隅に今谷孝の「ぐんぐん」がある。ぐんぐんと育ってほしい、といった意味なのだろう。作品は同校のシンボルになっていて同校開放図書館は「ぐんぐん」である。

子どもの像

42 歴史のある小学校の
　　少女像

(2012・4・15)

校庭に　清楚な少女　お下げ髪

札幌小学校の校門の近くに「希望」像がある。作家として伊藤英世と森川昭夫の二人の名前がある。小学校に置くのに相応しい、清楚な少女像である。モデルの少女は髪を一つに編んだお下げ髪にしている。昔は少女の定番のヘアスタイルだった。

子どもの像

43 校庭の本田明二作 「はばたけ小鳥よ」

(2012・8・4)

羽ばたけと　鳥に託する　願いなり

中の島中学校は中の島神社の隣にある。この中学校の校庭に本田明二の「はばたけ小鳥よ」が石の台座の上に置かれている。少女の片手に小鳩と思われる鳥が居て、これから手を離れて飛び立つところのようで、生徒たちの未来に重ねている。

子どもの像

44 校庭の小野寺紀子作「未来を語る子」

(2012・4・14)

稲穂小　未来を語る　少女立ち

　下手稲通が軽川（がるがわ）桜つつみと交差する近くの稲穂小学校校庭に小野寺紀子の「未来を語る子」がある。この少女の表情は明るいとは言えず、何か現代の閉塞感につながる未来を暗示しているかのようだ。子どもの未来は明るいのだろうか。

子どもの像

45 桜花の中の蝦名良治作「童子ニ寄ス」

(2012・5・6)

校庭で 桜花(おうか)に合掌 童子居り

　彫刻は変化しないけれど、周囲の季節の景色が変わるので、周囲に合わせ彫刻を見るのに適した季節がある。手稲中学校の校庭の蝦名良治の「童子ニ寄ス」は桜の季節が鑑賞に最適で、古の仏弟子の童子なのだろうか、合掌する姿に咲き誇る桜花が合っている。

子どもの像

46 校庭に立つ本田明二作 「鹿を抱く少年」

(2012・4・14)

開校の 年数背にし 鹿を抱く

　富丘小学校はJR函館本線の線路沿いの比較的新しい学校である。開校35周年の文字が見える玄関を背に、本田明二の「鹿を抱く少年」のブロンズがある。野生の鹿を見ている経験から、小鹿といっても少年が抱ける大きさかと少々疑問がある。

子どもの像

47 開拓の飾りのある屯田小学校の「はつらつ」

持ち上げる　玉は地球儀　歴史校

屯田小学校の校舎に「開校122年」とあり、校史は古い。江南神社や屯田兵顕彰広場が小学校に隣接してある。校舎沿いの道路に面して開拓を表現した飾りが見える。男女の児童が地球儀を持ち上げている構図の畠山美代喜の「はつらつ」像もある。

子どもの像

48 模範的野外彫刻の
小野寺紀子作「いちばん星」

(2012・4・1)

気品ある　少女座りて　役所前

厚別区役所の前に小野寺紀子の「いちばん星」がある。気品のある少女のブロンズ像で、手入れが行き届いている。人目につく場所での模範的野外彫刻としては、この作品が最右翼にくるだろう。この作家の作品は少女をモデルにしたものが多い。

子どもの像

49 山間の小学校にある
　　鈴木吾郎作「自然とともに」

(2012・8・12)

山間で　児がウサギ抱き　特認校

　特認校というカテゴリーの小学校や中学校があり、学校の立地条件を生かして特色ある教育を行っている。盤渓小学校も特認校の一つで、校庭に鈴木吾郎の「自然とともに」がある。作品名が盤渓の自然に囲まれたこの小学校の教育方針である。

子どもの像

50 小学校の校庭にある
後藤紘一作「鳩と共に」

(2012・5・18)

米里小　校史を刻み　鳩の群れ

　白石区にある米里小学校の校庭に後藤紘一の「鳩と共に」の彫刻がある。パノラマ写真に校舎が写っていて、正面の玄関上に開校22周年とあるから新しい小学校である。彫刻は1991年3月に制作されているので、開学記念に設置されたようである。

子どもの像

51 住宅街に囲まれた公園の 山本正道作「かえり道」

(2012・5・9)

春通り　園内桜　少女像

　真栄春通り公園は住宅街に沿って延びる公園で、園内に彫刻が配置されている。公園の中央に座る少女像があり、山本正道作「かえり道」である。公園の名前に合わせて春の桜の時期に訪ねてみると人影はなく、桜に囲まれるように彫刻がある。

子どもの像

52 定山渓ダム下流園地の丸山隆作「おかっぱ」

(2012・7・15)

やせ細る　躯体が支え　知的顔

　丸山隆の「おかっぱ」像はやせ細った少女像で、拒食症の患者を裸にしたかのようである。体の形を作ったところで肉付けをする手前で止めてしまったようにも見える。口を閉じた顔から知的な感じを受ける。像は定山渓ダム下流園地にある。

子どもの像

53 定山渓国道沿いにある永野光一作「君に」

(2012・7・15)

河童居て 「君に」と花を 奉げたり

> 定山渓の街を国道230号が貫いている。国道に面して定山渓まちづくりセンターがあり、建物の前に永野光一作「君に」がある。河童の子どもが花束を差し出している。花束の花は何かわからない。像の背後にある青紫の花はデルフィニュームである。

子どもの像

54 河原の河童像の永野光一作 「ころんころん」

(2012・7・15)

河近く　遊ぶ子どもは　河童なり

　定山渓の豊平川沿いに二見公園があり、公園の河畔園地に永野光一の「ころんころん」がある。河童の子供が逆立ちしている。河童といっても限りなく人間に近いもので、股間の一物はご愛嬌である。ころんころんと転がっている様子らしい。

子どもの像

55 道都玄関のシンボル像の本郷新作「牧歌の像」

(2017・11・2)

通る人 足早に過ぎ ハトが寄り

　JR札幌駅の南口広場のシンボル的彫刻として本郷新の「牧歌の像」がある。牧歌とは季節違いの頃、群像彫刻の写真を撮る。全球パノラマ写真なので足元にハトの群れが写っている。まるでハトと一緒に彫刻を鑑賞しているようにも思えてくる。

人物像

56 今は見られない
坂坦道作ブロンズ像

(2012・6・21)

四季の神　二体が残り　画廊なり

札幌時計台の近くの中小路にあった時計台ギャラリーの柱に、坂坦道のブロンズ作品が取り付けられていた。柱は4本あり、当初4体の人物像があったのが、写真撮影時は2体しかない。作品名は不明でも「四季」の神々を表現しているらしい。

人物像

57 琵琶湖の風と思われる山田良定作「湖風」

(2012・6・21)

琵琶湖風　公園に吹き　初夏の入り

　大通公園西３丁目に山田良定の「湖風」がある。山田は滋賀県に生まれ、滋賀大学教授を勤め、日本芸術院賞受賞者である。作品名にある湖は、琵琶湖なのだろう。湖で漁を生業にしているとも想像できる若者が、力の漲った姿で表現されている。

人物像

58 夜に賑わう街角の
　　國松明日香作「出逢い」

(2012・3・27)

この街で　束の間出逢い　尽きぬ数

南５条西５丁目の信号のある交差点に、角を切り取った設計のジャパンランドビルがある。その角地の部分に國松明日香の「出逢い」がある。鉄の塊のような抽象作品の多い作家の具象作品である。彫刻の置かれた場所で作品名の物語を考える。

人物像

59 行名の消えたビル壁にある坂担道作「鈴蘭」

(2012・3・28)

像の下　行名の跡　かすかなり

現在北洋銀行札幌南支店のビルの壁に坂担道の「鈴蘭」の男女像がある。作品の下にネームプレートをはずした痕跡がある。痕跡の文字数から、北海道拓殖銀行南支店の名前があったと推察する。破綻後「拓銀」の名前を聞くことも無くなった。

人物像

60 金属楽士が演奏する菅原義則作「パティオの音楽会」

(2012・8・31)

楽士居て　演奏場所は　パティオなり

> 大通西20丁目のところにアスピアS1ビルがあり、大通りに面した1Fのところに「パン工房・円山育ち」の看板が出ている。このパン屋の外側に菅原義則の「パティオの音楽会」があり、金属製の楽人達がパティオ(中庭)で演奏を行っている。

人物像

61 札幌に漁場を造る
田畑一作「漁民之像」

(2012・9・21)

テント裏　網揚げを見て　食祭り

　大通公園7丁目北側に田畑一作の「漁民之像」がある。北海道漁業婦人部連絡協議会創立10周年記念像で、海の無い札幌市の中心部に置かれ、意表を突かれる。撮影時はオータム・フェストが開催中で、彫刻はテントの後ろで人目につかずあった。

人物像

62 作家の勤務先に残した「協力」像

(2012・4・13)

協力は　廃品集め　像と化し

中島公園の近くの中島中学校の校庭に坂垣道作の「協力」像がある。坂は同校の美術担当教師であった縁でこの像を制作した。像の制作費用は生徒の廃品回収で賄われた。春先で汚れた残雪が写り込んできて彫刻の撮影としては時期が悪かった。

人物像

63 墓地跡の山内壮夫作「山鼻屯田兵の像」

(2012・9・21)

鍬を手に 軍服姿 墓地の跡

　国道230号に面し南29条に南警察署がある。横の空き地に山内壮夫作「山鼻屯田兵の像」がある。現在南署が建っている辺りは屯田兵の山鼻兵村の山鼻墓地であった。札幌市の急速な発展に伴い墓地を移し、屯田兵を象った像をここに設置した。

人物像

64 デフォルメされた人物像の高津和夫作「和」

(2012・7・29)

小学校 「和」の足元を　花飾り

　新発寒の新陵小学校の校庭に高津和夫の「和」がある。小学校なので先生かもしれない大人が、子どもたちを抱きかかえている。この作家は学校関係の彫刻やレリーフの作品が多い。彫刻の足元は花で飾られ、玄関先のプランターにも花があった。

人物像

65 小学校校庭にある 田所陸男作「希望」

(2012・4・14)

希望とは 子の指す向こう 彼方なり

富岡小学校の校庭に「希望」の作品名の家族の像がある。作家は田所陸男で作品は両親と一人息子が揃ったものである。母子像は彫刻家の制作意欲を掻き立てるせいか多く見かけるけれど、平凡な家族の像は表現しづらいせいかあまり見かけない。

人物像

66 庭で作品を鑑賞できる
本郷新作「男のトルソー」

(2012・4・29)

トルソー像　作家修行の　結果なり

　本郷新のアトリエだった建物の庭に首と片腕の無い男性像がある。本郷作の「男のトルソー」である。トルソーとは人間の頭部や両腕・両脚、あるいはその一部を除いた人体モデルで、彫刻の題材として用いられる。公共の場との相性は悪いだろう。

人物像

67 真栄春通り公園の
黒川晃彦作「切株に座って」

(2012・5・9)

サキソホーン　音の可視化や　ユキヤナギ

真栄春通り公園に黒川晃彦の「切株に座って」のブロンズがある。座ったミュージシャンがサキソホーンを吹いている。当然ながら音は出ていないけれど、近くにユキヤナギがあって、聞こえない音を可視化して白い花に変えたみたいである。

人物像

68 傍に歌碑のある 坂坦道作「石川啄木像」

(2012・6・26)

像と人　木陰に涼み　札都夏

　大通公園３丁目の北側に坂坦道の「石川啄木像」がある。歌碑と一緒に並んでいて、札幌の街を詠んだ「しんとして幅廣き街の　秋の夜の　玉蜀黍の焼くるにほひよ」が刻まれている。夏、木陰になる像の横には、陽を避けて涼を取る人が座っている。

実在人物像

69 新公園に戻った松田与一作「大友亀太郎像」

(2012・4・15)

新公園　主(ぬし)で戻りて　亀太郎

　2011年に新しい公園としてデビューした創成川公園に松田与一の「大友亀太郎像」が戻ってきた。創成川に復元された創成橋の近くに設置され、創成川の前身の大友堀の開削を行った亀太郎の像が、新しい公園の主になったかのように座っている。

実在人物像

70 札幌村郷土記念館の複製の「大友亀太郎像」

(2012・4・15)

役宅を　守るが如く　亀太郎

創成川公園新設に関連する一連の工事の期間中、川岸にあった松田与一作の「大友亀太郎像」は札幌村郷土記念館に移されていた。工事終了後、像は創成川公園に戻された。消えたはずの亀太郎像は、複製が造られ、記念館庭に残っていた。

実在人物像

71 札幌観光に欠かせぬ坂坦道作「丘の上のクラーク」

(2012・7・13)

クラークを 真似てポーズの 女子生徒

北大のシンボルのクラーク博士は今や札幌観光の顔である。羊ケ丘展望台にある大きなクラーク博士の立像は坂坦道作で「丘の上のクラーク」が作品名。クラーク像の背景に羊ケ丘の牧草地や圃場が広がり、記念撮影に絶好な場所である。記念撮影ではクラー

実在人物像

(2013・2・5)

番組は D！アンビシャス 取材なり

ク像にならって、写真に収まる客は腕を上げたポーズを取る。STVテレビ番組の「D！アンビシャス」の取材を受けた事があり、この時は羊が丘のクラーク像を背景にコメントを述べるシーンの収録をした。2月の寒さの中でコメントを繰返すのは大変だった。

実在人物像

72 佐藤忠良作
「初代学長大野精七博士像」

(2012・4・19)

貢献は　医学とスキー　博士像

> 札幌医科大学の構内に佐藤忠良作「初代学長大野精七博士」像がある。北大医学部教授時代にスキーを始めて、全日本スキー連盟の設立に貢献し、冬期オリンピック札幌大会でも役員を務めた。胸像の周囲に学生の自転車が多数駐輪してあった。

実在人物像

73 楽聖の尊称の添えられた
   安岡周三郎作「梁田貞像」

(2012・3・27)

角地には　楽聖の居て　小学校

　市立資生館（旧創成）小学校の角地に安岡周三郎制作の梁田貞像がある。梁田はこの小学校の卒業生で東京音楽学校を卒業した。「どんぐり　ころころ」の作曲を行い、この良く知られた童謡の楽譜碑が像の横にある。台座に「楽聖」の文字がある。

実在人物像

74 奇跡的に残された朝倉文夫作「木下成太郎先生」像

(2011・10・9)

巨匠作 戦禍をくぐり 奇跡なり

中島公園に再発見されたとして話題になった朝倉文夫の「木下成太郎先生」像がある。朝倉は東京美術学校の教授で帝国芸術会員にもなっている。戦時中の金属供出のため400点あまりの作品はほとんど消滅した中での生き残り像である。

実在人物像

75 新しく設置された宮田亮平作「レナード・バーンスタイン像」

(2015・10・22)

巨匠居て　音楽祭は　根付きたり

札幌市で1990年に始まった音楽祭パシフィック・ミュージック・フェスティバル（PMF）の創始者レナード・バーンスタインの立像が第25回PMFに合わせ中島公園内に設置された。作家は宮田亮平である。午前の光の関係で横からの撮影になる。

実在人物像

76 知事公館庭にひっそりとある中村晋也作「残響」

(2012・3・21)

像の人　麦酒造りて　開拓使

　北１条通から知事公館の敷地に入って知事公館を近くに見る庭に胸像がある。胸像の人は開拓使でビール製造に貢献した薩摩人の村橋久成である。制作者は中村晋也。作品名「残響」とは、この人物を題材にした作家田中和夫の小説名である。

実在人物像

77 北大構内の
クラーク博士二代目像

(2012・4・27)

ハスの花　台座に残り　クラーク像

　北大中央ローンの角にクラーク博士の胸像がある。最初の制作者は田嶼碩郎である。戦時中の金属供出で初代の像は溶かされ、残された石膏像から戦後加藤顕清が復元。博士が1時期植物学者を志した事に由来するハスの花が台座に彫られている。

実在人物像

78 正門近くにある加藤顕清作「北大初代学長佐藤昌介像」

(2012・4・30)

人物を 知るや知らずや 写真撮る

　加藤顕清は北大構内に多くの人物彫刻を残している。大学本部前の初代学長佐藤昌介像も作品の一つである。この人物は北大人によく知られているとは思えない。ましてや学外人には馴染みの薄い人物なのに、観光客の写真撮影対象になっている。

実在人物像

79 花木園の主になった新渡戸稲造の顕彰碑

(2012・7・23)

讃えたり　太平洋の　橋の偉人(ひと)

　北大の構内の最も有名な人物像はクラーク博士で、二番手に来るものは札幌農学校二期生の新渡戸稲造の像だろう。北大創基120周年で第一農場横の花木園に設置された。太平洋の架け橋になる意志の英文が刻まれている。作家は山本直道である。

実在人物像

80 知名度は高くない
加藤顕清作「医学博士今裕」

人物の 呼び名確かめ 今裕(こんゆたか)

　今裕は北大が帝国大学と称された最後の第4代目の総長である。胸像銘にあるように医学博士で、北大の医学部創設にも尽力した。加藤顕清作の胸像が医学部正面玄関横の草地にある。医学部関係者は別にして、胸像の存在は知られていない。

実在人物像

81 円山公園を見守る佐藤忠良作 「岩村通俊之像」

(2012・3・29)

土佐の人　札都に銅像　枯木立

　具象の大家佐藤忠良の「岩村通俊之像」が円山公園にある。像は北1条宮の沢通に背を向けて立っている。岩村通俊は初代北海道長官を務めた土佐の人である。札都から草小屋を撤去するため「御用火事」の荒療治を行った。俳号を素水とした。

実在人物像

82 北海道神宮境内の巨大像
宮地寅彦作「島義勇像」

(2012・5・2)

境内で 札都を護る 判官像

北海道神宮境内に大きな島義勇像がある。北海道神宮となって十年目の記念事業で建立された。作家は日展評議員・参与の宮地寅彦である。巨大なブロンズ像であり、大きな石の上に設置されている。円山を同神宮の地と定めたのは像の島判官である。

実在人物像

83 学園創設者
「浅羽靖先生像」

(2012・7・18)

学園の　父の像あり　夏木立

　北海高校の前庭に田嶼碩朗作「浅羽靖先生像」がある。「靖」は号で靖（しずか）が本名。浅羽は北海学園の父と称される人物で、夜間私立学校の北海英語学校を私財を注ぎ込み創設、企業の社長、札幌市区長、衆議院議員も務めている。

実在人物像

84 雪の中で大きな黒い塊に見える「エドウィン・ダン」像

(2012・4・8)

白雪に 黒さを増して ダン立像

　南区役所の近くにエドウィン・ダン記念館と記念公園がある。この公園には峯孝制作のダンの大きなブロンズ立像がある。台座にはダンが指導した北海道酪農事始の逸話がレリーフになっている。記念館内にもこのダン像のミニアチュア像がある。

実在人物像

85 五輪小橋の袂に立つ 本田明二作「栄光」

(2012・6・1)

栄光の　像女性なり　乳房あり

　五輪通が真駒内川を跨ぐところに五輪小橋が架かる。その西側に本田明二作「栄光」像がある。橋の袂に対で設置されている。デフォルメされた人物像で北側が男性、南側に女性を配している。オリンピック記念像で手にする木は月桂樹だろう。

記念像

86 高い台座の上で踊る裸婦の「雪華の像」

真駒内五輪の記憶残りたり

(2012・6・11)

札幌冬季オリンピックを記念し、高さ12mのコンクリートの台座に置かれた彫刻が真駒内公園内にある。本郷新作の「雪華の像」である。モデルは二人の女性で、跳躍する肢体の手にしているのはオリンピックに因んで月桂樹である。パノラマ写

記念像

(2012・6・1)

高みには　雪華の舞の　裸婦二人

真ではこの像は大きく写せないので、像の部分だけは望遠レンズ使用で撮影する。真駒内上町郵便局の風景印はこの像がデザインされている。風景印にデザインされた像がどの角度から撮影されたものか幾枚もの写真を撮って比べてみた事がある。

記念像

87-88 モダンな感じの黄銅色
ブロンズ像「花束」

(2012・6・1)

手にするは 何の花束 五輪橋

　1972年の札幌冬季オリンピックで真駒内には競技場や選手村の施設が造られた。オリンピックを記念する彫刻も真駒内に設置された。札幌を代表する著名な作家達がそれぞれ対で制作した彫刻が五輪通の両側に置かれた。五輪通で豊平川を跨ぐ五輪大橋

記念像

(2012・6・1)

花束を 勝者に渡す 若き女性(ひと)

の東端には本郷新の「花束」がある。橋の袂の両側に一対になって置かれている。オリンピック競技での勝者に女性が花束を渡すのを念頭に置いた作品のようである。人物像はデフォルメされていて、黄銅色のブロンズ像で現在でもモダンな感じがする。

記念像

89 ジャンプ競技は男性のみだった時代の山内壮夫作「飛翔」

連想は　ジャンプ競技で　飛翔像

豊平川に架かる五輪大橋の西側の袂に山内壮夫による一対の「飛翔」像がある。札幌冬季オリンピック大会を記念して1971年に制作・設置された。水平で飛ぶ人物像で南側が男性、北側が女性像である。ジャンプ競技中の飛翔姿を思い起こさせる。

記念像

90 五輪小橋の袂にある佐藤忠良作「雪娘」

(2011・12・8)

雪娘　奏でる笛に　鹿踊る

冬季オリンピック大会を記念して制作された佐藤忠良の「雪娘」が五輪小橋東端の北側に設置されている。娘が持っている笛はオリンピックのファンファーレを奏でる事に関連したものだろう。この像と対で南側には同作家の「えぞ鹿」がある。

記念像

91 公園の景観で定着した
　　田嶼碩朗作「聖恩碑」

(2012・6・24)

聖恩は　死語の文字なり　花フェスタ

大通公園西5丁目に田嶼碩朗作の蘭陵王の面の「聖恩碑」がある。1936年の昭和天皇行幸を記念し1939年に建立された。碑には天皇の恩は限りがないという意味の「聖恩無彊」の四文字がある。花フェスタの会場では「聖恩」は死語になっている。

記念像

92 見る人の居ない飯田勝幸作「ふれあいの輪」

(2012・4・27)

メビウス輪　ふれあいの輪で　分離帯

　札幌駅前通の分離帯の大通と南１条通のところに飯田勝幸作「ふれあいの輪」が二基対で設置されている。ステンレス製のメビウスの輪で札幌市が五大都市入りを果たしたのを記念している。設置場所が分離帯であるため近づいて見る人は居ない。

記念像

93 喫煙小屋の傍にある峯孝作「牧童」

(2012・2・6)

牧童も　準備見守り　雪まつり

　大通西３丁目の大通公園の北側に峯孝の「牧童」像がある。牛乳百万石突破記念で制作・設置された。夏はライラックやムクゲの葉に隠れたようにある像も、雪まつりの時期には遮るものも無く目に留まる。牧童と一緒に居るのは子牛だろう。

記念像

94 川の流れを表現する銀色の柱の「サーモン・リバー」

(2012・2・29)

鮭遡(のぼ)る　川の流れに　銀柱

　札幌市はアメリカオレゴン州ポートランド市と1959年に最初の姉妹都市になった。その縁で幌平橋の広い歩道部分を姉妹都市ポートランド広場と命名している。ポ市から贈られたリー・ケリーの柱状の彫刻「サーモン・リバー」が置かれている。

記念像

95 中島公園に立つ
　　群像の塔「森の歌」

群像に　命育む　母の居り

中島公園の北側の広場に山内壮夫の「森の歌」と題された群像の彫刻がある。昭和33（1958）年北海道大博覧会記念で制作された。最初は白色セメントであったものが、後にブロンズで再鋳造された。数えてはいないけれど、母と子が40人ほど居

記念像

(2012・4・13)

森の歌　耳を澄まして　枯木立

るだろうか、動物も交えて大きな円筒の表面にはめ込まれるように配置されている。中心的テーマは母子像のようで、母と思われる何体かの女性の周りを子供たちが群れ囲んでいる。母なる森が生命を育んでいる、という意味の作品名かもしれない。

記念像

96 産業史の暗部を語る二部黎作「藻岩犠牲者の碑」

(2012・9・28)

犠牲者の　供養をしたり　ムクゲ花

　山鼻川の河川敷にノッペラ坊の人物像がある。「藻岩犠牲者の碑」で作家は二部黎である。台座に碑文によると、1934年に始まった北電藻岩発電所と札幌市藻岩浄水場の建設での犠牲者を追悼するための碑であり、タコ部屋の歴史を記録している。

記念像

97 リンゴ産地の記憶を残す本田明二作「みのり」

(2012・1・9)

リンゴ園　記憶に残し　手のリンゴ

　平岸通に面した平岸小学校の校庭に本田明二の「みのり」像がある。平岸開基110年を記念して設置された。往時の平岸のリンゴ園を偲ばせるように、女性はリンゴの木を背にリンゴを持っている。校舎の正面に開校122年（2012年）の文字がある。

記念像

98 像が傷んできている
竹内敏洋作「永遠の像」

(2012・5・1)

像傷み　永遠もたず　三世代

月寒公園内に大きな人物像の「永遠の像」がある。作家は竹内敏洋で、札幌市と豊平町の合併を記念して建立された。モデルが4人で3世代の家族の群像である。像は白コンクリートで作られていて、傷みが目につく。3世代に残すのは難しい。

記念像

99 鉄で表現された勝利の女神「NIKE」

(2012・8・21)

雪賛歌 黒き姿の ニケの居り

　大倉山のスキージャンプ競技場の入り口に國松明日香の鉄の造形がある。作品名は長く『詩碑「虹と雪のバラード」に捧げる勝利の女神「NIKE」』とある。札幌冬季オリンピックのため作られた河邨文一郎作詞の歌詞の碑が造形と並んである。

記念像

100 オリンピックの記憶をつなげている「聖火を持った男」

(2012・9・13)

美香保の地　聖火手にして　四十年

オリンピック会場になった美香保体育館に「札幌五輪をしのび原田さんに感謝する会」建立の「聖火を持った男」のブロンズ像がある。制作者は佐藤忠良である。原田さんとは札幌冬季オリンピック誘致活動に尽力した原田與作札幌市長である。

記念像

101 高校の校庭にある
「輔仁会々員戦没者記念碑」

(2012・9・29)

輔仁会　馴染みなけれど　ハトの居り

　札幌西校校庭に同校の卒業生である彫刻家本田明二が制作した「輔仁会々員戦没者記念碑」がある。「輔仁会」とは同校の同窓会名である。しかし、「輔仁会」は学習院大学で設立された組織でもあり、西校と関係があるのか無いのか不明である。

記念像

102 石柱に児童の顔が見える 「中央創成小学校の跡」

(2012・4・10)

校歌には　菊のかおりの　いやたかく

　札幌市庁舎は中央創成小学校があった場所に建てられ、坂担道の「中央創成小学校の跡」の碑が市庁舎の傍にある。男女の児童の顔の彫刻に「菊のかおりのいや高く」で始まる校歌の碑がある。少子化に伴い札幌の小学校数も減っている。

レリーフ

103 北海道の自然を表現した「大地のうた」

(2012・4・10)

大地歌(うた) 絵で見てここは 新聞社

北海道新聞社の玄関前の通路部分に本田明二の「大地のうた」のレリーフがある。家族の像を中心に彫り込まれている野生動物は鹿、リス、ツル、家畜の馬、牛、羊、植物はエンレイソウ、スズラン、ハマナス、ライラック、松などである。

レリーフ

104 藤川基制作親子像のある「有島武郎文学碑」

デザインは「小さき者へ」母子の像

　大通公園9丁目に有島武郎の文学碑がある。有島の「小さき者へ」の一節を武者小路実篤が筆を取って、半沢洵が題字を揮毫している。ここで半沢は北海道帝国大学教授で「納豆博士」とも呼ばれた応用菌学者で、有島と親交があった。文学碑

レリーフ

(2012・2・11)

雪まつり 写せば黒く 文学碑

には母子のレリーフがあり、制作者は北海道教育大学教授の藤川基である。小さき者の子どもが母親に見守られて、未来に向かって進んで行くのを暗示したレリーフになっている。雪まつりの様子をパノラマ写真に撮ったため碑は暗く写っている。

レリーフ

105 法の精神を象徴する
　　 目隠しの女神「テミスの像」

(2012・5・3)

目隠しの　テミスは見れず　桜花

　大通公園の西端にある札幌市資料館の入口正面に山本新蔵の「テミスの像」のレリーフがある。この札幌軟石造りの建物は「札幌控訴院」だった事からテミスの像の下に建物の名前が彫られている。春先にはテミス像と桜を並べて写真に撮れる。

レリーフ

106 レリーフの中でも跳躍している南部忠平の顕彰碑

(2012・5・2)

競技者の 荷物置場で 顕彰碑

　円山総合グラウンドにロサンゼルスオリンピック陸上三段跳金メダリストの南部忠平のレリーフがある。札幌市出身の南部が優勝時に跳んだ距離15m72cmは円山競技場のセンターポールの高さで残された。跳躍像レリーフは本郷新制作である。

レリーフ

107 ジャンプ競技場を見守る 「大野精七博士顕彰碑」

(2012・8・21)

鳥人の　飛ぶ姿無く　残暑なり

　大倉山シャンツェのスキージャンプ競技台横の木陰に「大野精七博士顕彰碑」がある。碑の博士の顔のレリーフは佐藤忠良が制作した。顔のレリーフとスキーを表した４本の板が並んでいて、博士が競技スキー普及に貢献した事を物語っている。

レリーフ

108 地下街の入口で見る 渦のレリーフ「無題」

(2012・3・23)

人の渦 ここに至らず 壁の渦

　地下街ポールタウンから場外馬券売り場のウィンズに抜ける地下通路の壁面に渦巻きのレリーフがある。作家は高津和夫で、同作家には建物外壁のレリーフの作品が多い。何の渦であるか不明で、地下街の人の渦が及ばないところで渦巻いている。

レリーフ

109 眼鏡店の目の良い
看板娘「花と子供」

(2012・3・28)

見下ろした　子に眼鏡なく　眼鏡店

　南２条西４丁目の角に水野メガネ店があり、そのビルの外壁に山内壮夫の「花と子供」の顔の彫刻がある。眼鏡店の壁に取り付けられていても彫刻の顔には眼鏡がないので目の良い女の子である。その良い目で行き交う通行人を見下ろしている。

レリーフ

110 閉校の小学校跡に残された「ほうすい師弟の像」

(2012・4・13)

オカッパと 坊主頭で 時代なり

　豊水小学校は2003年閉校で資生館小学校に統合された。閉校舎は豊水まちづくりセンターとなり、その横に「豊水の庭」がある。庭に加藤顕清の「ほうすい師弟の像」が残されている。像近くにある大典文庫のレンガ造りの建物が歴史を物語る。

レリーフ

111-112 厚別川両岸で思いを寄せる「ひこぼし像」「おりひめ像」

(2012・5・8)

彦星の 想う織姫 厚別区

厚別川の両岸に構研エンジニアリング製作の「ひこぼし像」と「おりひめ像」のレリーフがある。これは1989年に厚別川を境にして、白石区から分区されて厚別区が新しくできた事を記念している。厚別川を天の川にみたて、白石区側に彦星の

レリーフ

(2012・5・8)

織姫は　団地を避けて　川に住み

像が、厚別区側には織姫の像が川を挟んで配置されている。白石川下郵便局の風景印には彦星の男性と厚別川、橋がデザインされている。橋はレリーフから上流にある人道橋の紅橋である。この橋の欄干部分には星座の透かし飾りが施されている。

レリーフ

113 建物の壁全面で表現された高津和夫作「希望の原点」

(2012・4・11)

曇り空　見上げる壁に　希望線

　手稲区本町に札幌市手稲コミュニティセンターがある。その駐車場に面した建物の壁に高津和夫の「希望の原点」のレリーフがある。中心から放射状に広がる線をデザインした単純な図柄で、作品に添えられた作家の賛が埋め込まれている。

レリーフ

114 地下通路で出遭う
　　加賀谷健至作「風の記憶」

(2012・3・26)

見上げれば　風の道なく　無風なり

　　かでる2.7の知られざる地下通路にヒノキ製の「風の記憶」と銘打った加賀谷健至の作品がある。風が流れている様子を木彫で表現している。地下通路で無風状態のところに居て作品を眺め、「春風を待ち望んでいる」自分の状況を確認する。

レリーフ

115 ランドシャー&メリーフィールド作
「ライオン像」

(2012・4・27)

早朝は　ライオン一匹　一番街

　以前札幌の都心部での待ち合わせ場所の最右翼を占めたのが三越デパートのライオン像であった。作家としてランドシャーとメリーフィールドが併記されているところをみると、原作から複製したようであるけれど、正確なことはわからない。

動物の彫刻

116 札幌ロータリークラブが寄贈した「奉仕の道」

(2012・5・24)

動物に 奉仕の道を 問われたり

　大通西6丁目の大通公園内に峯孝作「奉仕の道」が置かれている。札幌ロータリークラブが50周年記念として建立した。鹿、梟、カラス、ウサギがモデルになっている。動物達が前記クラブ会員である事の心構えを問い質しているとされている。

動物の彫刻

117 狸小路横の石狸像の
流政之作「ポンサ」

(2014・2・14)

ポンサとは 狸の名前か 石狸

> 彫刻の作品名には判じ物がある。この彫刻は狸小路6丁目に設置されていて狸をデザインしているようだ。作品名の意味は推測するしかない。狸公の名前に「ポンタ」というのがあるので札幌だから「ポンサ」かな、ぐらいしか考えが及ばない。

動物の彫刻

118 実際にある楽器を吹く
山内壮夫作「猫とハーモニカ」

(2012・5・21)

パンフルート　猫が奏者で　リラ聴き手

　中島公園の彫刻の中でも山内壮夫の作品が群を抜いて多い。なかには「猫とハーモニカ」の、猫が楽器を演奏しているユーモラスな作品もある。口に当て吹いている楽器をハーモニカとしているけれど、これはパンフルートと呼ばれる楽器である。

動物の彫刻

119 ホテルの玄関で見張る 小坂耀一作「シマフクロウ」

(2012・9・28)

フクロウが 客を見守り ホテルなり

　札幌駅北口近くの札幌アスペンホテルの玄関前の柱の上部に、シマフクロウの彫刻が二体並んで置かれている。作家は小坂耀一で、小坂は札幌在住の彫刻家である。従業員がホテルという森の中でフクロウとなって、客を見守る象徴としている。

動物の彫刻

120 二本足で立つ 佐藤忠良作「えぞ鹿」

(2012・6・1)

えぞ鹿が 咥(くわ)えた枝葉 月桂樹

　五輪小橋の東端両側に佐藤忠良の二作品がある。北側の作品は「雪娘」で、南側が「えぞ鹿」である。作品とオリンピックとの関連性を考えてみるのだが、思い当たるものがない。強いていうと鹿が口に咥えたものは月桂樹の枝葉らしい事ぐらいか。

動物の彫刻

121 菓子店の店先を守る ブロンズの "Sansone" 犬

(2012・4・8)

Sansoneは 心配顔の 犬種なり

六花亭真駒内ホール店の店先に犬が控えて居る。同じ犬は札幌駅近くの六花亭の店先にも居る。ブロンズなので何体か同じ物が作られたのだろう。作家は板東優で作品名が「Sansone」の犬で、当然ながら客に吠えることもない。板東は帯広市

動物の彫刻

(2017・9・24)

店先を　守る犬居て　六花亭

に生まれ、イタリアで彫刻の修行をした。帯広市で本店を構える六花亭の札幌店や帯広市の施設等に板東の作品がある。店先の彫刻は犬種名を作品名にしたようで、特定の犬の名前ではないようだ。この犬の表情は何かを心配している顔に見える。

動物の彫刻

122 イチイの巨木に囲まれた伊藤国男作「馬」

(2012・6・29)

主の逝(ゆ)き　イチイの巨木　馬残り

八紘学園を創始した栗林元二郎は、晩年巨石とイチイの巨木を集め、現在栗林石庭となっている。馬の彫刻の蒐集も行っていて、石庭には伊藤国男作の大きな馬のブロンズ像が3体ある。学園の花菖蒲園の開園時期に都市秘境の石庭を見学できる。

動物の彫刻

123 都市秘境の道具建ての伊藤国男作「馬」

(2012・7・5)

馬の居る　巨木石庭　秘境なり

　栗林石庭園に伊藤国男作の親子の馬のブロンズが置かれている。その近くに旧吉田善太郎別邸を八紘学園が取得して栗林記念館として保存している建物がある。記念館内には馬の彫刻を始め馬の置物が所狭しと並べられている秘境の空間がある。

動物の彫刻

124 石塚錦秀堂作「馬魂之像」と「屯田兵顕彰之像」

(2012・4・21)

開拓期　馬は家族で　馬魂像

　北区屯田地区を走る道道札幌北広島環状線に面して屯田兵顕彰の広場がある。ここは屯田兵第一大隊第四中隊本部跡地で、ここに屯田兵とその家族が入植したのは1889（明治22）年である。広場には屯田開基100年を記念して石塚錦秀堂作「屯田兵

動物の彫刻

(2012・4・21)

屯田の 兵と馬居て 顕彰碑

「顕彰之像」と「馬魂之像」が建立されている。開拓時代の開墾の動力は馬に頼らざるを得ず、馬の存在は現代では想像できないくらい大きなものがあった。ブロンズの馬はその存在感を示していて、馬の向こうに屯田兵のブロンズ像が天を指差して立っている。

動物の彫刻

125 仏作家の石の鳥の居るセカリー広場

(2012・1・27)

パーゴラは 鳥の開(あ)き檻(おり) 雪広場

前田森林公園にセカリー広場と銘打たれた場所がある。フランスの彫刻家ピエール・セカリーが日仏友好のために石で制作した「幻想の鳥」が置かれ、広場の命名となる。設置年は1988年と案内板にある。セカリーは世界で活躍する石彫作家である。

動物の彫刻

126 散る桜の中の「梟家族」

(2012・5・9)

散る桜　梟(ふくろう)家族　見つめたり

　真栄春通り公園に手塚登久夫作「梟家族」が置かれている。二体の梟の石像が並んでいる。作品名が家族なのでよく見ると、一体は父親で、もう一体は母親とその頭に止まった子どもの梟である。桜の花びらが親子三羽の梟家族の周りに散っていた。

動物の彫刻

127 作品名が気になる
丸山隆作の河童像

(2012・7・15)

これは何？ 何故(なぜ)見ていると 河童像

定山渓温泉街に岩場に温泉が流れ出している湯の滝がある。その岩場のところに丸山隆の河童仕立ての男性裸像がある。作品名は「Why are you looking」で英語の使い方が少々変である。「何でこの作品名？」と突っ込みを入れたくなる。

動物の彫刻

128 小石巧作
「ボクと記念写真」

河童より　猿に見えたり　月見橋

　定山渓の豊平川を跨ぐ月見橋の歩道の中央に、小石巧の「ボクと記念写真」がある。作品名の通り、河童の像と顔を重ねて写真が撮れるように形が工夫されている。ただ、実在しない動物の河童を彫刻にすると、河童より猿のように見えてくる。

動物の彫刻

129 一見して何かわからない
阿部典英作「イイユダナ」

(2012・7・15)

湯に浸かる　河童の顔あり　ホテル前

　定山渓のホテル山水は国道230号に面してあり、ホテルの前に阿部典英の「イイユダナ」が置かれている。湯に浸かって気持ち良くしている河童のブロンズ像である。作品名がないと樽から河童の顔が出ているだけで、判じ物の像かも知れない。

動物の彫刻

130 作品名の通り
やっと見つけた河童

(2012・7・15)

河童居て　夏の緑の　目に入りぬ

　定山渓の豊平川渓谷に二見吊橋が架かっている。岸から吊橋を見上げる位置に河童の像がある。阿部典英の「アー・イタイタ」で、河童が川の中に魚でも見つけたようなポーズである。この像を見に行く人も居ない中、周囲の夏の緑が目に入る。

動物の彫刻

131 作品名で河童とわかる 小石巧作「遊ぶ河童」

(2012・7・15)

輪を作り　河童遊びて　温泉郷

　小金湯温泉の駐車場脇に小石巧の「遊ぶ河童」がある。腕と脚を合わせて輪の形を作っている。作品名を知らず、これを河童と判別するのは難しい。同作家の定山渓月見橋の河童像も腕と脚で輪を作っていて、河童と輪がテーマのようである。

動物の彫刻

132 観光客を誘う小石巧作「こんにちは河童」

(2012・7・15)

暑いねと　河童声掛け　手湯(てゆ)誘い

　定山渓の国道230号から章月グランドホテルに行く道のところの道路脇に小石巧の「こんにちは河童」がある。体つきから女の河童で、額に腕を当て河童が挨拶している。傍に「願掛手湯」の看板があり、温泉を手で堪能する仕掛けもある。

動物の彫刻

133 待ち合わせ場所になった
安田侃作「妙夢」

駅舎内　夏の歩いて　「妙夢」前

　JR札幌駅の西コンコースに安田侃の「妙夢」がある。作品名に凝る彫刻家と無頓着に思える作家が居る。前者は抽象作家に多く、後者は具象作家に多いようである。作品の横を通り過ぎる女性の格好はいかにも夏が歩いているといった感じである。

石彫

134 極力単純化した女性像の「PIRIKA」

(2012・2・16)

美しき　肢体連想　ピリカなり

JRタワーのオフィスプラザさっぽろの1Fのエレベーターに向かう通路に、流政之の「PIRIKA」がある。アイヌ語の「美しい（娘）」を作品名にしている。黒御影石の造形は抽象的なものであるけれど、美しい女性の顔の無い肢体を連想する。

石彫

135 金井聡和作「花降る石」と流政之作「TERMINUS」

(2017・11・2)

駅玄関 石に花降り TERMINUS(たーみなる)

札幌駅南口の玄関に最初金井聡和の「花降る石」が置かれていた。磨かれた石の中に花弁が埋め込まれたように見え、三石が組みになった作品である。後になり流政之の作品「TERMINUS」が設置された。作品名は駅を表す英語である。

石彫

136 巨大撥の流政之作「デアイバチ」

(2012・3・26)

この道で　出逢いはあるか　デアイバチ

　エルプラザの建物はJR札幌駅北口に面してある。ガラス張りのこの建物の前に流政之の黒御影石製の「デアイバチ」が設置されている。見て一目瞭然、三味線の巨大な撥である。大家ともなると、小物の道具を大きくしても作品として通用する。

石彫

137 目開き目無しの松本純一作「MANAZASHI」

(2012・6・21)

眼差しを 感じて見れば 石の穴

彫刻の作品名は具体的なものから抽象的なものまである。具象作家のものは対象に即して、抽象作家のものは作品名も抽象的なものが多い。松本の石彫はデフォルメされていても具象的なものが多く、作品名も対象の説明を補強するものが多い。

石彫

138 穴の目の松本純一作「EYES」

(2012・6・21)

節穴が　景色を映し　EYES(アイズ)なり

　北3西3の札幌駅前通に面して、松本純一の「EYES」がある。近くには同じ作家の「MANAZASHI」がある。どちらの作品も顔に見立てた石に二つの穴を開け、これを目として表現している。穴を通して見える景色が目に映る景色かと錯覚する。

石彫

139 北海道弁が作品名の流政之の「NANMOSA STOVE」

(2017・10・12)

NANMOSAは なんもなんもの ストーブ名

　ニューオータニ・ホテル横の歩道に接して空間があり、ここに流政之の「NANMOSA STOVE」と題された作品がある。NANMOSAとは、「気にしていない」とか「大したことでない」といった気持ちを相手に伝える時に口にする北海道弁である。

石彫

140 作品名の意味不明の石川浩作「壤・蜀」

(2012・4・10)

「壤・蜀」と 疑問強要 作品名

　札幌市庁舎の地下1Fの外に小さな池を囲む庭園があり、石川浩の「壤・蜀」の2個の石の彫刻が置かれている。馴染みのない漢字の作品名で、石彫のペアがどうしてこの漢字の組み合わせになっているのか、作家の意図するところがわからない。

石彫

141 新しい道標の役目を果たす
安田侃作「生誕」

(2011・10・31)

生誕は 狸二条の 道しるべ

創成川公園は創成川の下にアンダーパスを設け、地上部の創成川を生かして公園化したもので、2011年に完成している。ここに安田侃の彫刻が三体設置されている。狸小路と二条市場を結ぶ狸二条広場には白大理石の同作家作「生誕」像がある。

石彫

142 白い滑らかな大理石の安田侃作「天秘」

(2012・4・15)

「天秘」横 病院気になり 川公園

安田侃の「天秘」の作品名のある石彫は札幌市内でも幾つか見ることができる。創成川公園に設置されているものもその一つである。石彫と道路を隔てて病院がある。知人がこの病院に通院し出してから、彫刻より病院の方が気になっている。

石彫

143 知事公館庭の
安田侃作「意心帰」

(2012・5・3)

花曇 緑と石が 再帰なり

　知事公館の庭に安田侃の「意心帰」の白大理石の彫刻がある。外壁に現われた軸組みの直線的なデザインの知事公館の建物を背景に、丸味のある滑らかな石の造形の対比は絵になる。桜の季節であれば、これに桜花を撮り込むことができる。

石彫

146 石ダルマの流政之作「八丁ダルマ」

(2012・4・10)

ビルの影　ダルマに写り　八丁目

　大通公園の西8丁目の北側に住友商事フカミヤ大通ビルがある。同ビルの歩道に面した正面に流政之の「八丁ダルマ」が置かれている。作品名は「8丁目」から採ったようだ。黒御影石で雪ダルマを表現し、雪ダルマとは色、固さが対照的である。

石彫

147 駐輪場かと思って
しまう場所にある石彫

(2013・4・17)

形見て 「KURA」は鞍かと 判じたり

　東京ドームホテル札幌と朝日生命ビルの間の空き地に丸山隆の『座「KURA」』の石の彫刻が置かれている。ベンチと鞍のような置物が対になって設置されている。この空き地は自転車置き場として利用され、彫刻の方が駐輪の邪魔者みたいである。

石彫

148 時々衣装をまとう
松本純一作「元気地蔵」

(2011・12・3)

ドレス着て　地蔵の形　隠れたり

　南1条通の三越から丸井今井の両デパートの区間は札幌一の地上繁華街である。この通りに松本純一作「元気地蔵」が置かれている。地蔵の背後のビルが自動車のショールームで、新車販売に合わせて地蔵のドレスアップで、地蔵の身体が隠されている。

石彫

149 小学校の校庭にある松本純一作「DONGURI」

(2012・4・1)

節穴の　ドングリの目で　校舎見る

　厚別中央にある信濃小学校の校庭に松本純一作「DONGURI」が設置されている。顔に見立てた丸い石に二つの穴を空けて目玉にする作風はこの作家の独特なものである。小学校の近くの厚別東郵便局の風景印にはこの石彫がデザインされている。

石彫

150 作品名の意味がつかめない　永野光一作「潜-kirameki-」

(2012・9・29)

石オブジェ　制作意図の　潜りたり

札幌西高校の校庭に永野光一の石のオブジェ「潜－kirameki－」が設置されている。永野は同校の卒業生である。作品は黒御影石で何を表現しているかわからない。作品名も意味不明である。作家の説明が無ければ制作の意図は潜ったままである。

石彫

151 起伏のある公園に置かれた「バブル・ブーン」

(2012・5・8)

未知言語 造形二体 会話なり

　ひばりが丘西公園に永野光一・松隈康夫作「バブル・ブーン」がある。作品名は「楽しいおしゃべり」の意味があるとの事で、二体の黒御影石の造形が会話している想定らしい。彫刻が設置されている所から旧馬場農場のサイロの屋根も見える。

石彫

152 石が跳ねているような
澤田猛作「躍動」

(2012・8・19)

校庭で　作家の躍動　石碑なり

札苗北中学校の校庭の植え込みのところに澤田猛作の「躍動」がある。学校のような生徒が毎日通う場では、人物像のような感情移入のできる彫刻なら設置の意味がありそうである。作家が感情移入した抽象的な造形では、生徒の心は躍動しない。

石彫

153 形をみて思案する
菅原尚俊作「飛翔」

(2012・7・21)

飛翔なら　これは鳥かと　石の像

　伏籠川の第三伏篭橋の近くに五稜会病院がある。病院の前庭に菅原尚俊の「飛翔」がある。石の造形で、これから飛び立つ鳥のようにも見えるけれど、そうと断定するのには自信が持てない。彫刻の写真撮影の目的のため初めて来た場所である。

石彫

154 表現したいことが不明な校庭のオブジェ

(2012・4・14)

校庭で 見てもわからず アートなり

　琴似小学校の校庭に加藤宏子の「そのむこうに」が置かれている。加藤は札幌在住の彫刻家で紙と石を素材にした抽象的な作品を発表している。校庭にある作品は見ても作品名もよくわからない。小学校の校庭には見て分かり易い作品を選びたい。

石彫

155 母親の形かと眺め直す
山本一也作「擁」

(2012・7・10)

母の愛　形に作り　「擁」のあり

　札幌北斗高校は北15条東2丁目のところにあり、道路沿いの校庭のところに山本一也の「擁」がある。札幌北斗学園創立60周年を記念して建立されたもので、銘盤に「母の愛の如くに」と刻まれていて、作品名が作品の解説のようになっている。

石彫

156 形が判じ物の 永野光一作「大地から」

(2012・9・29)

大地から　生まれ出でたり　新校舎

　開校年は不明だが、新発寒小学校は新しい学校のようである。パノラマ写真でも周囲に空地が広がっているところに新しそうな校舎がある。その校庭に永野光一の「大地から」の石彫がある。作品名通り大地から新しい学び舎が現れたようだ。

石彫

157 旅人の歩く姿と納得する 「Legs "旅人の残像"」

(2013・5・23)

歩く足　残像重ね　巨大なり

　JR札幌駅1階の東コンコースに「Legs "旅人の残像"」と題された赤い直方体を組み合わせた造形がある。この作品名を知って初めてこれが歩いている足がテーマであることがわかった。作者は浅見和司で、公募に応じて採用された作品である。

街中のオブジェ

158 石で風の表現をする 大貝滝雄作「風45」

(2012・4・27)

目に見えぬ　風の如くに　希薄感

　何度その通りを歩いても目に入って来ない彫刻がある。アスティ45のガラス張りの建物の前に少しばかりのスペースがあり、大貝滝雄の作品「風45」がある。金属のポールの上に石が乗ったもので、高層ビル街を吹き抜ける風を表現している。

街中のオブジェ

159 唐辛子かと思うと炎の 豊嶋敦史作「Torch」

(2012・4・10)

吊り下がる　赤唐辛子　炎なり

札幌駅前通地下歩行空間から日本生命ビルの横を抜け地上に出る階段部分に豊嶋敦史の「Torch」が吊り下げられている。生きる力を立ち上がる炎で表現した2011年設置の作品である。作品名を知っても、炎よりは赤唐辛子に見えてくる。

街中のオブジェ

160 人の形に見えなくもない
　　 松隈康夫作「環」

(2015・12・31)

歩を止めて　何に見えるか　しばし考

札幌駅前通の日本生命ビル前の歩道に松隈康夫作「環」が設置されている。松隈は札幌の大学での勤務経歴があり、市内に作品が設置されている。作家の意図は分からないけれど「環」の形状を組み合わせて人体を構成しているようにも見える。

街中のオブジェ

161 ホテル前にある堀木淳平作 「結晶体・4+1／4」

(2012・2・3)

街角を　反射して見せ　結晶体

　JR札幌駅近くのホテル、ポールスター札幌の玄関脇に堀木淳平の金属を素材にした彫刻がある。作品名「結晶体・4+1／4」で、結晶の4個分と1／4の部分に対応した造形になっている。近づいて見ると、街角の風景が金属に反射している。

街中のオブジェ

162 地下通路で見つけた浅井憲一作「光彩」

(2012・3・26)

造形が　光り求めて　地下通路

「かでる2.7」には道庁舎に通じる地下通路がある。都市秘境ということで自著でも紹介した。この通路に一般の人の目に触れず、地下に潜んでいるような作品がある。浅井憲一の「光彩」もその一つで、壁で地上からの光りを求めているようだ。

街中のオブジェ

163 ビル前にある伊藤隆道作「空・ひと・線」

(2012・3・15)

作品の 「空・ひと・線」が 揃いたり

　日本郵政グループ札幌ビル前に伊藤隆道の金属パイプの造形が曲線を描いて空中にある。作品の下でパノラマ写真を撮ると、金属棒の線とその上に広がる空がある。早朝でも人も写り込んでくる。作品名「空・ひと・線」の要素が揃って写る。

街中のオブジェ

164 金属で表現したそよ風の小林泰彦作「Breeze」

(2012・4・19)

そよ風や　目に重くあり　ビルの前

北2条西4丁目にある郵政グループ札幌ビルの正面に小林泰彦作「Breeze」がある。作品名はそよ風の意味で、目に見えない風を金属の曲面で表現している。小林は東北芸術工科大学教授の経歴の持ち主で、パブリックアートの作品が多い。

街中のオブジェ

165 屋上庭園にある國松明日香作「テルミヌスの風」

(2012・6・7)

鉄と化す　空庭園の　駅の風

　2011年商業施設エスタの屋上に「そらのガーデン」が造られ、冬季を除いて無料で市民に開放されている。この屋上庭園に國松明日香の「テルミヌスの風」の黒い鉄製のオブジェが置かれ、風にゆれる草花の中で対照的な硬さを演出している。

街中のオブジェ

166 ひっそりと隠れるようにある 望月菊麿作「光の門」

(2012・4・10)

意表つく 光の門に ヘアサロン

　北3条西3丁目にあるNREG北三条ビルの1階に床屋が入居していて、ビルに横穴を開け望月菊麿の「光の門」が設置されている。この作家の光シリーズの作品の一つのようである。金色に輝く門の石彫とヘアサロンのドアの対比が意表をつく。

街中のオブジェ

167 ビル壁に取り付けられた平田まどか作「時空翼」

(2012・4・10)

ビル壁に 時空を超える 翼付き

　中央区北３条西２丁目の「サンメモリアルビル」の入口に平田まどか作「時空翼」が設置されている。ビルの壁から金属の翼が出ていて、時空を超えて飛んで行くといった発想かな、と思ってみる。北海道を舞台に作品を残している作家である。

街中のオブジェ

168 ホテルの玄関前にある植松奎二作「浮くかたち—結晶」

(2015・1・29)

結晶が 浮いて見えたり ホテル前

　大通西５丁目にホテルリソルトリニティ札幌があり、その玄関前に植松奎二作「浮くかたち—結晶」がある。植松の作品には重力や磁力を認識させる意図があるとされていて、この作品も結晶体が空中に浮いている状況のイメージになっている。

街中のオブジェ

169 雪まつりの時期に撮る「北のまつり」

(2012・2・8)

作品名 「北のまつり」に 雪まつり

札幌雪まつり会場の西端は大通12丁目で雪像が並ぶ。会場から道路を跨ぎ北に第3合同庁舎があり、建物前の広場に関根伸夫の「北のまつり」がある。歩道につながる広場なのに敷地内の撮影は注意される。祭り合わせで歩道からの撮影となる。

街中のオブジェ

170 水のない季節には魅力半減の「湧水彫刻」

(2012・5・3)

石彫に 水の流れず 桜花

北1条西13丁目の教育文化会館前庭に志水晴児作の「湧水彫刻」がある。作品名の通り石の造形から流れ落ちる水と一体になったところを鑑賞するオブジェである。5月の桜の季節では水は無く、鮭の卵のイメージといわれる造形は殺風景である。

街中のオブジェ

171 繁華街に産み落とされた怪鳥の卵のような「タマゴ」

(2012・3・27)

繁華街 怪鳥卵 孵化直前

　ススキノの南4条通の北側歩道に大きな卵のオブジェがある。平田まどかと松本純一の共同作品で作品名もずばり「タマゴ」である。巨大怪鳥が繁華街に産み落としていった卵のように思える。作家も意図してか、繁華街で人目を惹く作品である。

街中のオブジェ

172 機雷にも見える松隈康夫作「あっちこっち」

(2012・3・28)

連想は 「あっちこっち」と 定まらず

　南北に延びるススキノの駅前通に抽象作品が距離をおいて並ぶ。松隈康夫の作品は機雷を連想させ、作品名は「あっちこっち」である。機雷が浮遊してあっちこっちに流れていくのか、あっちこっちに触手があるのか、命名の意図はわからない。

街中のオブジェ

173 串団子に見える丸山隆作 「上機嫌な星」

(2012・4・13)

何を見て　上機嫌かな　串団子

　ススキノの南北に伸びるメインストリートの両側に彫刻が置かれている。南5条西4丁目のところには丸山隆の「上機嫌な星」がある。抽象的作品で、作品名も何を意味しているのかは不明である。串団子ならばまだ作品と作品名が合っている

街中のオブジェ

174 人物像にも見える
永野光一作「Memory」

(2012・3・28)

Memoryは 何を記憶し この造形
　　めもりぃ

彫刻と設置場所の相性とは何だろう。ススキノに設置されている永野光一の「Memory」は、造形の意図や作品名の示唆するものが見えず、情念の渦巻く街のススキノにある意味適合しているかもしれない。ただ、足を止めて見る人はいない。

街中のオブジェ

175 傾いている造形は認識できる
山谷圭司作「やすらかな傾き」

(2012・4・13)

傾いて　何が安らか　不明なり

　ススキノの南5条西4丁目の歩道に山谷圭司の「やすらかな傾き」がある。柱と屋根のある傾いた造形で、やすらかの修飾語の意味するところが不明である。歓楽街の歩道なのでどんな彫刻でも気にもならないけれど、設置の意図は不明である。

街中のオブジェ

176 球を探しても無い
丸山隆作「球の記憶」

(2012・3・28)

謎かけか　何処に球ある　作品名

車の流れはあっても人通りの少ない午前中のススキノの駅前通で、丸山隆の「球の記憶」を見る。奇妙な形に意味の汲み取れない作品名である。球は何処にあり何を指しているのか、謎かけみたいである。謎が解ける訳もないが少し気になる。

街中のオブジェ

177 見過ごしてしまう熊谷文秀作「風のフォルム」

(2012・4・28)

造形家　風を形に　作りたり

　国道36号に接して札幌ドーム近くにアルス福住の集合住宅がある。その玄関先に熊谷文秀の「風のフォルム」が設置されている。イベント時には札幌ドームへ多くの人が行き来するので人目につく造形かと思うと、意外にも見過ごされているようだ。

街中のオブジェ

178 作品と作品名がつながる 松隈康夫作「連結」

(2012・5・9)

一目見て　形に連結　作品名

　清田区真栄にある真栄春通公園は団地造成時に通路を広く取って整備された公園で、公園内に彫刻が設置されている。公園入口のところに松隈康夫作「連結」のオブジェがある。作品名の通り二個の半円状鉄板が金属のワイヤーで連結されている。

街中のオブジェ

179 巨大ヤジロベエ田中信太郎作 「北空の最弱音(ピアニッシモ)」

(2012・4・28)

北風の　フォルテッシモに耐え　ピアニッシモ

　札幌ドームを見上げる芝生にヤジロベエを大きくしたオブジェがある。田中信太郎作の「北空の最弱音(ピアニッシモ)」である。この作品名とオブジェにどんな関連があるのだろうか。この構造では北風のフォルテッシモに耐えるのが大変だろう。

開放空間のオブジェ

180 作品名通りの安田侃作「ひとつがふたつ」

(2012・6・27)

数えれば　ひとつがみっつ　円(まる)みなり

　札幌ドームの駐車場近くに安田侃の「ひとつがふたつ」の作品がある。円みを帯びた柱状物体に、楕円体が取り付けられた抽象彫刻である。確かに作品名の造形になっていて、背後のドームの屋根の円みにお付き合いしているかのようである。

開放空間のオブジェ

181 重そうな鉄の翼の
國松明日香作「休息する翼」

(2012・6・27)

不明鳥　翼休めて　ドーム横

駐車場から札幌ドームへの上り階段の踊り場のところに國松明日香の「休息する翼」がある。鉄製の造形で、作品名を知ると切り込みのある部分が鳥の翼に見えてくる。黒っぽい彫刻と、圧倒的に大きく銀色に輝くドームの屋根が対照的である。

開放空間のオブジェ

182 作品名通りの
　　楢原武正作「球」

(2012・4・28)

「球」のあり　ピッチの新緑　枯れ木立

> 春先緑が戻ってきた札幌ドームを囲む緑地に楢原武正の「球」が置かれている。まさしく球で、当初の表面の加工が傷んで来ている。近くに札幌ドームの威容が見え、ピッチの緑がまぶしい。遠くに藻岩山、さらに背後に雪の残る山々が望める。

開放空間のオブジェ

183 作品名から豆の造形と知った「フェイジョン」

(2012・4・28)

ドーム見て　豆から伸びる　枝のあり

　札幌ドームの周囲に配置された作品の一つに大岩オスカール幸男の「フェイジョン」がある。大岩はブラジル移民二世のアーティストである。作品名はポルトガル語でインゲンマメの事で、豆の形に豆の枝が取り付けられているようにも見える。

開放空間のオブジェ

184 森と結びつかない
　　伊藤誠作「森の中」

(2012・6・27)

どう見るか　この形状が　森の中

歩きながらアートを楽しむというコンセプトで、札幌ドームの敷地内には国内外のアーティストの作品24点が配置されている。その一つに伊藤誠作「森の中」がある。現代アートなので、作品名からくるイメージを作品に求めるのは無理がある。

開放空間のオブジェ

185 確かに大気を入れている
柳健司作「大気の器」

(2012・6・27)

器あり　大気を盛りて　ドーム横

　彫刻は、造形が先で作品名は後付けのものと、作品名あるいはそのイメージが先にあってそれを形にしたものとどちらが多いのだろうか。柳健司の「大気の器」は後者の制作過程を経た作品のように思える。作品名通り大気の満ちた器である。

開放空間のオブジェ

186 長い作品名の
「Roll Away the Stone /Brixton 8,720 km」

(2012・4・28)

英数字 作品名の 意味不明

札幌ドームの周辺に配置された彫刻群の一つで、石のオブジェがスロープに並んでいる。制作者は江頭慎で、作品名は長い英数字で「Roll Away the Stone/Brixton 8,720 km」とあるけれど意味するところはわからない。札幌ドームの屋根が見える。

開放空間のオブジェ

187 石がつながっているCINQ作
「てつなぎ石」(サンク)

(2012・9・1)

金属手　石をつなぎて　緑地なり

> 石山緑地は札幌軟石の採石場を公園として整備し、CINQ（サンク）と称した彫刻家集団による造形が園内にある。CINQはフランス語の5であり、5名の彫刻家を意味している。「てつなぎ石」は金属の「手」で石がつながれた造形である。

開放空間のオブジェ

188 公園の遊具かと思える CINQ作「赤い空の箱」

(2012・9・1)

公園で　ジャングルジムかと　赤い箱

石山緑地の南ブロックにCINQの「赤い空の箱」が設置されている。ジャングルジムが傾けられている塩梅で、札幌軟石の切り出し跡の公園でこの作品は周囲から浮き上がった意外性がある。ただ、ここに設置する良し悪しは意見が分かれるだろう。

開放空間のオブジェ

189 異空間を演出する「ネガティブマウンド」

(2012・9・1)

軟石が 低きに誘い 負の地面

石山緑地は、札幌軟石の石切り場跡を公園化した場所である。その由来を生かして、軟石を用いた野外舞台のような造りがある。総勢5名の彫刻家集団CINQによる「ネガティブマウンド」が地面に掘り込まれていて、異様な空間を生み出している。

開放空間のオブジェ

190 広々とした空間に切り出した石のある「午後の丘」

(2012・9・1)

呼び起こす 採石場の 記憶かな

　石山緑地は南北のブロックに分かれていて、南ブロックには異空間が広がり写真の被写体としては絶好の場所である。この場所からさらに南側に午後の丘と名づけられた、加工した石がランダムに置かれた広場があり、採石場の記憶を呼び起こす。

開放空間のオブジェ

191 区花のバラがデザインされた 楠本晴久作「飛遊」

(2012・4・1)

区花のバラ　雪解けに咲き　駅舎横

　新装なったJR白石駅舎の南口広場に楠本晴久の「飛遊」が設置された。このオブジェは白石区を象徴した表現になっている。主柱は白石地区を開拓した白石藩士の故郷白石市の方向を向き、側面のバラは区花で、螺旋と球は飛躍と遊び心である。

開放空間のオブジェ

192 病院の庭にある伊藤隆道作「よろこび・愛」

(2012・4・19)

病院で「よろこび・愛」と 作品名

　南1条通に面した札幌医科大学付属病院の庭に伊藤隆道の「よろこび・愛」がある。太い金属パイプを曲げただけの作品で、作品名は設置場所が病院の庭にあることによっているらしい。治るよろこびや病に対処する愛の言葉を選んでいる。

開放空間のオブジェ

193 百合が原公園に咲く ステンレスの花

(2012・5・14)

金属輪 花に見立てて ユリ公園

　ステンレス製のこの現代彫刻は名畑八郎の作品で、百合が原公園の北側に設置されている。1986年の「さっぽろ花と緑の博覧会」開催を記念して制作された。作品名にも花の文字があって、花の公園と金属素材の調和を意識しているかのようだ。

開放空間のオブジェ

194 「空へ」向かうものが何かと考える造形

(2012・5・8)

空からは 桜花散り 「空へ」像

　大谷地東にある厚別南中学校の校庭に松隈康夫作「空へ」が置かれている。鉄製の円盤やドーナッツ状円盤の組み合わせは、全体が人形に見えなくもない。丁度桜の季節に撮影していて、人工の無機質な造形を散る桜の花が救っているようである。

開放空間のオブジェ

195 鉄塊の女神が駅前にある
國松明日香作「KLEIO」

(2012・7・21)

KLEIO(クレイオ)と 鉄塊の意味 女神なり

> JR学園都市線あいの里教育大学駅の歩道に面して國松明日香の「KLEIO」がある。作品名はギリシャ神話の女神達の一人で歴史を司る。鉄の抽象的造形では、具体的な作品名にして、場所に合わせた作品であることを主張したいようである。

開放空間のオブジェ

196 団地の中にある丸山隆作「残留応力」

(2012・7・21)

見つけたり　残留応力　団地内

あいの里は新しく開発された大規模住宅団地で、JR駅前に商業施設の一画と並んで高層住宅が建っている。その中庭の広場の水場に丸山隆の「残留応力」がある。石と金属を組み合わせた造形のようで、作品名は何を意味しているのだろうか。

開放空間のオブジェ

197 面白い造形の川上りえ作「古代の太陽」

(2012・7・21)

古代の陽 現代の陽で 輝けり

ポプラ並木が続く創成川に沿って、屯田から西茨戸に入ったところで、創成川の近くに豊明高等養護学校がある。校庭に川上りえの「古代の太陽」の金属製の彫刻がある。作品は太陽を重ねたようにも見え、本物の太陽の光を反射して輝いていた。

開放空間のオブジェ

198 厚別区章を掲げる　前田屋外美術製作「飛翔」

(2012・4・1)

飛翔の木　冬も枯れずに　柏なり

　厚別駅南口前のロータリーの中央にステンレス製のモニュメントが立っている。駅前広場の整備に合わせて前田屋外美術が製作し設置した。頂上部分には３本の支柱に支えられた区章があり、その支柱に囲まれて柏の木がデザインされている。

開放空間のオブジェ

199 近づくと巨大な造形の「テトラマウンド」

(2012・6・30)

空間に 幾何学のあり 円三角（まる）

モエレ沼公園は、公園全体がイサム・ノグチが大地に刻した彫刻であるといわれている。公園内の造形物はいくつかあり巨大な三本のポールを組み合わせ、下に円錐の土盛を設けたテトラマウンドがある。遠くには人工の山モエレ山も見える。

開放空間のオブジェ

200 イサム・ノグチ設計の モエレ沼公園

(2012・2・10)

俯瞰する　大地の彫刻　雪モエレ

イサム・ノグチが大地に設計した彫刻のモエレ沼公園をモエレ山から俯瞰できる。この標高62mの人工の山も大地の彫刻の一部で、東区では唯一の山になっている。遮るものが無い頂上は風が強い。ガラスのピラミッドやテトラマウンドが小さく見える。

開放空間のオブジェ

あとがき

　彫刻に関して1冊にまとめた爪句集の出版は、爪句集シリーズの出版当初から頭にあった。爪句集の第1集「爪句＠札幌＆近郊百景」(2008年1月出版)でも彫刻の章があり、他の章のものと合わせて20作品ほどが取り上げられている。

　その後、彫刻の写真は折に触れ撮り続けており、爪句集の原稿整理箱の役目をする著者のブログ(秘境100選 ver2　http://hikyou.sakura.ne.jp/v2/)に多くの彫刻の原稿を投稿して来ている。それらをまとめて編集すれば爪句集を出版できる量には達していた。しかし、少なくとも札幌市内の野外彫刻についてはほとんど全部を取材してから、という目標を掲げたため、爪句集出版のゴールは遠のいた。

　さらに、彫刻はそれが置かれている場所の中で鑑賞するべきで、そのため著者が近年力を入れている全球パノラマ写真で彫刻を撮影する、という彫刻写真集としての爪句集出版のハードルを高くしてしまった。通常の2次元写真撮影に比べて、全球パノラマ写真は撮影にも、その後の写真処理にも莫大な時間を要する。この点も前掲の爪句集を出版してからこの爪句集につながるのに十年を要する結果となった。

彫刻をテーマにした爪句集出版にあたっては、幾つかの問題点があった。これまでの爪句集は本文200頁を目途に出版してきている。従って、200作品しか爪句集に採録できないのは覚え書きにも述べている通りである。本爪句集に載せる事ができなかった取材済みの作品については、続編の爪句集の出版を考えている。

　彫刻の場合、所有者が居り、撮影許可を得る問題がある。この点、公の場所の野外彫刻であれば自由に撮影して良いという常識に従って写真取材をしている。ただ、全球パノラマ写真では彫刻を取り巻く環境をも写してしまうので、この点が気になっている。

　野外彫刻の定義の範囲は、自由に行き来する地下通路とかホールにも適用されるものと考えた。大学構内や学校校庭でも自由にアクセスできるところは、特に断りなく写真撮影を行っている。しかし、自由に撮影できる野外彫刻とそうでないものの線引きで微妙なところがあるのも事実で、この点あまり自己規制はかけないようにして爪句集を野外彫刻のガイドブックとしての役目を持たせる事を意図した。

　一方、野外彫刻があれば当然屋内の彫刻もある。野外彫刻に比べて屋内彫刻は人目につかぬ点から全球パノラマ写真で記録しておく価値が一層ある

と思われる。撮影と出版の許可を得るとい煩雑な作業をクリアして、将来屋内彫刻の爪句集が出版できるかどうか、著者の残された時間もなく、出版の意欲の減退との競争でもあると思っている。

　彫刻のガイドブックという視点からいうと、本爪句集に採録した全作品にQRコードを付けており、スマホやタブレットでこれを読み込む事で彫刻の置かれた景観を画面で見ることができる。爪句集は掌サイズであるとしても、拡大して彫刻を鑑賞し、彫刻を囲む風景に視線を遊ばせる事ができる。これは新しい彫刻巡りのガイドブックの嚆矢となるものであると思っている。ただ、彫刻のある場所の位置情報を地図にして添付できなかった点がガイドブックとしての条件に欠けていて、今後の検討課題であると思っている。

　毎回爪句集出版では、共同文化社唯一人の編集・出版担当者のNさんに原稿のチェックから出版のスケジュール調整を図ってもらい、本爪句集も同様にお世話になった。Nさんや出版に際して印刷・製本を担当された（株）アイワードの方々にお礼申しあげる。

　今年出版した爪句集33集「爪句@北科大物語り」の「あとがき」でも触れているけれど、今年は著者の金婚の年でもあった。結婚してからもう50年も経ったのかと感慨深いものがある。その

年月の一時期に爪句集をシリーズで出版して来ており、それが可能であった理由の一つは妻の日頃の支えがある。それをここに記して感謝する。

　爪句集 32 集、33 集には定価に相当するビットコイン (BTC) 価と著者の口座の QR コードを「あとがき」に載せている。相場の変動の激しいビットコインで爪句集が売れるのは期待できないけれど、ビットコインの相場の変動記録になって面白いのでここに著者の口座と共にビットコイン価を載せておく。この「あとがき」を書いている大晦日の相場から 1BTC = 150 万円として、0.00033BTC としておく。

　　　　酉年のトリに野鳥を撮るチャンスを
　　　　狙っての大晦日に…
　　　　2017 年 12 月 31 日

　　　　ビットコイン口座（bitFlyer）
　　　　爪句集ビットコイン価 0.00033BTC

著者：青木曲直（本名由直）（1941 ～）

北海道大学名誉教授、工学博士。1966年北大大学院修士修了、北大講師、助教授、教授を経て2005年定年退職。eシルクロード研究工房・房主（ぼうず）、道新文化センター「身近な都市秘境を歩いてみよう」の講座を持ち、私的勉強会「eシルクロード大学」を主宰。2015年より北海道科学大学客員教授。2017年ドローン検定1級取得。北大退職後の著作として「札幌秘境100選」（マップショップ、2006）、「小樽・石狩秘境100選」（共同文化社、2007）、「江別・北広島秘境100選」（同、2008）、「爪句@札幌＆近郊百景 series1」～「爪句@北科大物語り series33」（共同文化社、2008～2017）、「札幌の秘境」（北海道新聞社、2009）、「風景印でめぐる札幌の秘境」（北海道新聞社、2009）、「さっぽろ花散歩」（北海道新聞社、2010）。北海道新聞文化賞、北海道文化賞、北海道科学技術賞、北海道功労賞。

≪共同文化社　既刊≫

〔北海道豆本series〕

1 札幌＆近郊百景
2 札幌の花と木と家
3 都市のデザイン
4 北大物語り
5 札幌の四季
6 私の札幌秘境
7 花の四季
8 思い出の都市秘境
9 北海道の駅-道央冬編
10 マクロ撮影花世界
11 木のある風景-札幌編
12 今朝の一枚 1

13 札幌花散歩
14 虫の居る風景
15 今朝の一枚②
16 パノラマ写真の世界-札幌の冬
17 札幌街角世界旅行
18 今日の花
19 札幌の野鳥
20 日々の情景
21 北海道の駅-道南編1
22 日々のパノラマ写真
23 北大物語り
24 今日の一枚

好評発売中

爪句 1-3
本体価格381円

爪句 4-33
本体価格476円

- 25 北海道の駅－根室本線・釧網本線
- 26 宮丘公園・中の川物語り
- 27 北海道の駅－石北本線・宗谷本線
- 28 今日の一枚-2015
- 29 北海道の駅
  －函館本線・留萌本線・富良野線・石勝線・札沼線
- 30 札幌の行事
- 31 今日の一枚-2016
- 32 日替わり野鳥
- 33 北科大物語り

北海道豆本　series34

爪句@彫刻のある風景 —札幌編

都市秘境100選ブログ　http://hikyou.sakura.ne.jp/v2/

2018年2月10日　初版発行

著　者　青木曲直（本名 由直）
企画・編集　eSRU出版
発　行　共同文化社　〒060-0033　札幌市中央区北3条東5丁目
　　　　　　　　　　TEL011-251-8078　FAX011-232-8228
　　　　　　　　　　http://kyodo-bunkasha.net/
印　刷　株式会社アイワード
定　価：本体476円＋税

© Aoki Yoshinao 2018　Printed in Japan.
ISBN 978-4-87739-308-3